ベリーズ文庫

堕とされて、愛を孕む

～極上御曹司の求愛の証を身ごもりました～

宝月なごみ

STARTS
スターツ出版株式会社

目次

堕とされて、愛を孕む
～極上御曹司の求愛の証を身ごもりました～

プロローグ＊求愛の夜

『し、志門《しもん》さん……そんなところ……』

『ん？　……くすぐったい？』

赤と金の装飾が豪華なベッドの上。着慣れないロングイブニングドレスの裾の向こうに、ダークブロンドの髪が揺れている。

そこでは薄茶色の瞳を伏せた美しい男性、京極《きょうごく》志門さんが、私のつま先に丁寧に口づけしていた。

『いえ、そうじゃなくて……』

一日歩き回った後で汗をかいているし、におったらどうしよう。彼を萎えさせてしまうのでは……？　いろいろな不安が胸に渦巻く。

しかし志門さんはそんな乙女心などおかまいなしに、とうとう私の親指を丸ごと口に含んでしまう。キャンディでもなめるみたいに楽しげに舌を動かし、時々爪に歯を立ててかちかち音を鳴らしたりする。

触られているのは足だけなのに、お腹の奥がきゅうっと熱くなる。

『志門さん……恥ずかしいです』

羞恥に赤く染まる頬を隠すように両手で顔を覆うと、彼はいったん私の指を口から出して、今度は足の甲にチュッと口づけてから、少し困った顔で笑う。

『……許して、瑠璃《るり》の隅々まで愛したいんだ』

男の人にそんな情熱的な言葉をかけてもらうのは生まれて初めてで、どう反応したらいいのかわからない。

顔を覆っていた手をどけ、ただ涙目で彼を見つめれば、四つん這《ば》いで顔を近づけてきた志門さんが、唇を優しく啄《つい》む。軽やかなリップ音を立てて、何度も何度も。

『俺をこんな気持ちにさせたのは、きみが初めてだよ』

キスの合間に妖艶なバリトンボイスでささやきながら、志門さんの手が背中のファスナーをゆっくり下ろしていく。不思議と抵抗できず、自分以外誰にもさらしたことのなかった素肌が、彼の前に暴かれた。

『きれい』

『……は、恥ずかしい』

『だろうね、すごく赤くなってる……。でも知ってる？　そういう反応が男を喜ばせるって』

『えっ』

ぎょっとして志門さんを見ると、クスクス笑われて、それから。

『これからもっと恥ずかしがらせるから、覚悟して?』

艶《なまめ》かしい声で宣告するのと同時に、彼は襟もとにつけていたブラックの蝶ネクタイをほどき、シルク素材のシャツのボタンを片手で一つひとつはずしていく。徐々にむき出しになる逞《たくま》しい裸体は、息をのむほど美しかった。

『……あまり熱い眼差《まなざ》しで見るなよ。初めてのきみを紳士的に抱きたいのに、その視線で我を失いそうになる』

そう言いつつもまだ余裕のある彼は、私の火照った肌にそっと手をすべらせた。

壊さないように大切に……彼がそう思ってくれているのがわかる、緩やかで優しい愛撫。

少しずつ、けれど確実に甘く熟されていった私は、ベッドの上で身をよじり、時々こらえきれずにあえいでは、未知の快楽に溺れていった。

『瑠璃。苦しいかもしれないけど、どうか俺を受け入れて』

『志門さん……。お願い、ゆっくり、あっ……』

そしてひとつに重なり合った時、初めての私はものすごい圧迫感と鈍い痛みを感じたけれど、志門さんが安心させるように何度も口づけをして、私の緊張を溶かしてくれた。

次第に痛みが、別の感覚に変わる。志門さんとつながり合う喜びを、本当の意味で知る。

『志門さん……私を見つけてくれて、ありがとう……』

あまりの恍惚《こうこつ》感に意識が飛びそうになる直前、彼の顔を両手で包み、ダークブロンドの髪をかき抱くようにして、肩にぎゅっと押しつけた。

『これからも、どこにいたってきみを見つける。……愛してるよ、瑠璃』

耳もとで幸せすぎる愛の言葉が響いて、胸がいっぱいになって。同時に、ふたりで一緒に限界を迎えたのを覚えている。

志門さんの背中は汗びっしょりで、それでもかまわずぎゅっと抱き合い、交代でシャワーを浴びた後、またベッドに組み敷かれて、体を重ねて――。


『瑠璃』

大好きなザッハートルテよりも甘く、体の芯までとろけるようなあの人の声に呼ばれた気がして、まぶたを開いた。

ウィーンで一番の五つ星ホテルの一室。クラシカルな深紅のカーテンの隙間から、明るい日差しが降り注いでいる。

「朝……？」

ベッドの中で小さくつぶやいて、視線を動かす。

天井には、アンティークの豪華なシャンデリア。壁には、金の額縁に入った美しい絵画。精巧な細工を施された机やドレッサーなどの家具は、すべてが美術品のよう。

『すごい、お城みたい……！』

昨夜の私は、そうはしゃいだっけ。でも、そんな子どもっぽい私にあきれるでもなく、むしろ愛おしむような目をした彼に見つめられて、私は――。

そこまで思い返したところで、この部屋に彼の気配がないことに気がつく。

「……志門さん？」

名前を呼びながら、ベッドを下りる。その時ようやく自分がなにも身につけていないことに気づき、慌ててシーツを体に巻きつけ、彼の姿を捜す。

しかしどこにも彼はいなくて、なにげなく窓辺に近づいていったその時。そばにあった机の上に一枚のメモと名刺が置かれていることに気づき、私はまずメモを手に取った。

【仕事があるから先に帰るが、瑠璃はホテルでゆっくり過ごすといい。日本に戻ったらすぐに連絡して。きみとの関係をこれきりにしたくない】

「志門さん……」

胸がきゅんと音を立て、思わず口もとが緩んだ。

……このメモに従って、帰国したらすぐ連絡しよう。彼と過ごしたあの甘いひとときは夢じゃなかったんだって、もう一度会って確認したいもの……。

そんなことを思いながら、さっそくスマホに連絡先を登録しようと、メモの隣にあった名刺を手に取ったその瞬間――私は思いもよらなかった彼の身分を知り、愕然《がくぜん》とした。

【株式会社京極建設　取締役副社長　京極志門】

京極、建設……。嘘でしょ？　京極建設って、あの？　たしかに〝建築士〟だとは聞いていたけれど……。

軽い目眩《めまい》を覚え、手近にあった椅子に腰を下ろす。そして再び、名刺をジッと見つめた。

偽造されたもの……な、わけないよね。ということは、志門さんは日本のゼネコン業界のトップを走る、京極建設の副社長なのだ。

そんなすごい人が、どうして一介の大学生である私なんかと一夜を……。

もしかしたら、私へのお礼……だろうか。

私は昨日、ひょんなことから彼を助けた。といっても、実際は助けようとして失敗したのだけれど……その気持ちがうれしいよと、彼はおおげさに感謝していた。

……いや、でも。別に理由なんて、ないのかもしれない。暇つぶし、とか。ただ欲求を満たすための相手を探していて、たまたまそばにいたのが私だった、とか。

うん……そっちの方が、しっくりくる。

だって、彼はうんと年上で、有名企業の副社長。私に惹かれる理由なんて見当もつかない。こうして朝を迎えるまでは、運命なんてものの存在を信じ、舞い上がっていたけれど……。

「なんだ……ふふっ。遊ばれちゃった……」

自虐を笑いに変えようとして、失敗した。ぎこちない笑顔はすぐにゆがんで、泣き顔に変わる。

私は自分を慰めるように、シーツを巻きつけた体をぎゅっと抱きしめた。

幸い、今回の旅行はひとり旅だ。彼と私以外、誰も昨夜の逢瀬《おうせ》について知る人はいない。日本に帰ったら、普通の顔をして、平凡な日常に戻ればいいのだ。

何度自分に言い聞かせても、胸の痛みは激しくなるばかり。

同時に、嫌でも反芻《はんすう》してしまう。

昨日の志門さんとの出会い。それから彼と過ごした、あまりにロマンティックな一日のことを――。

運命の仮面舞踏会

私、神谷《かみや》瑠璃は、都内の文系大学に通う四年生。成績はそこそこで、就職はまだ決まっていない。

でも、バイト先の中欧菓子専門店のオーナーパティシエが『就職が決まらなかったらそのままウチで働けばいい』と言ってくれているため、危機感はまったくない。

それどころか、その店でウィーン菓子の魅力に取りつかれてしまったせいで、就職活動なんかより、現地で本場の味を体験したい！と、妙な情熱に駆られた私。そんな時間があるのはきっと、大学生活最後の今だけだ！と思い至り、居ても立ってもいられなくなった。

そこで、長い夏休みの前半はバイトにいそしみ、九月に入ったところでバイト代をごっそり下ろして、ウィーンへのひとり旅を決行することにしたのだった。

「ここが、憧れのウィーン……」

現地時間十一時頃。成田からドバイを経由する格安便で、ウィーン国際空港に降り立った。移動だけで二十時間を超える長旅にも疲労を覚えることなく、私の気持ちは人生で一番と言っていいほど高揚している。

初めての海外旅行が欧州だなんて、ちょっと背伸びしすぎたかもしれないけれど、行かずに後悔するよりはいい。

目当てのお菓子はもちろん、ウィーンについて調べるうちに知った豪華な王宮や美術館などの名所巡り、歴史的音楽ホールでのオペラ鑑賞など、楽しみたいことが盛りだくさんだ。


入国の手続きを終え、手荷物を受け取ると、アーチ形の通路を歩きながら、キョロキョロ辺りを見回す。小ぢんまりとした空港ではあるが、お土産ショップやカフェ、レストランなどの施設も充実している。

すれ違う大勢の旅行者やビジネスマンは人種や肌の色も様々。異国に来たんだという緊張感が高まる反面、誰も自分を知る人はいないという解放感が心地よくもあった。

「ええと、駅は……」

なにをするのも自由なひとり旅だが、とりあえず、市内へ移動したい。タクシーやCAT《キャット》と呼ばれる特急電車だと高くつくため、時間はかかるが運賃の手頃な国鉄、S《エス》バーンを利用しようと決めている。

案内板でそのホームを探し、スーツケースを転がしながら歩きだした時だった。私は偶然にも、目の前で置き引きが行われる瞬間を目撃した。

そこにはベンチがあり、背の高いビジネスマンがその前に立って、スマホで電話をしていた。そしてベンチに置いた荷物から目を離した一瞬の隙に、ビジネスマンの小ぶりなスーツケースを、通りがかった黒いフードの男がしれっと持ち去ったのだ。

フードの男は周囲を警戒しながら、早歩きで人混みに紛れていく。

「ちょ、ちょっと……！」

私はその姿を視線で追いつつ、ビジネスマンのもとへ駆け寄った。

「あの！　今、私の目の前であなたの荷物を奪った人が！　私、追いかけて捕まえますので、すみませんが、これ預かっててもらえます⁉」

驚いたビジネスマンの瞳は、ミステリアスな薄茶色をしていた。きっちりうしろに流された髪は、美しいダークブロンド。おそらく現地の人か、近隣のヨーロッパ人だろう。

ってことは、日本語が通じるわけもない。……でも、こういうのは心よ心！

「あー、ユアバッグ、トラレタ！　アイウィルキャッチ、ハンニン！　なので……マイバッグ、アズカッテテ！」

文系大学在学中が聞いてあきれるぼろぼろの英語でそう言い残し、私は自分のスーツケースを彼に押しつけるように渡して駆けだした。

黒いフードの男はだいぶ遠ざかってしまったものの、まだ見失ってはいない。全力で走れば追いつけるはず……！

人波をかき分けて、犯人の背中だけを見つめて走る。しかしその途中、不意にこちらを振り向いた犯人が私の存在に気づき、自分を追いかけているのだと察知して突然ダッシュした。

「嘘っ。このっ……！　待ちなさぁいっ！」

少しずつ縮まっていたはずの距離が、見る見るうちに開いていく。やがて、到着ロビーの正面玄関を犯人が出ていき、数秒遅れで私もそこを飛び出したものの、辺りを見回しても黒いフードはどこにも見えなくなっていた。

「いない……」

肩で息をしながらつぶやいていると、視線の先を黒いワゴン車が通過し、その中からフードの男が手を振りながら舌を出しているのが見えた。

私は深いため息をつき、その場にしゃがみ込んだ。

やられた……。車に乗られたらもう追いつけない……。どうしよう、あの人の荷物、奪われたままだ……。

肩まであるストレートの髪をくしゃっとかき上げるように頭を抱え、彼にどうやって説明しようと考えあぐねていた、その時。

「……逃げられちゃった、かな？」

ふと背後で、そんな男性の声が聞こえた。深みのある、甘い中低音。……色っぽい声だ。

でも、こんな場所でなぜ日本語が……。不思議に思いながら振り向いて、ますます困惑した。

えっ？ 今の日本語、この人が話したの……？

そこにいたのは先ほどのビジネスマンで、私の預けたスーツケースの取っ手をきちんと握りしめ、しゃがみ込む私を苦笑しながら見つめている。

「お、お上手ですね、日本語……」

ぽかんとしてそう口にすると、彼はふっと息を漏らして笑う。

「そりゃそうだよ、俺はこう見えてれっきとした日本人だ」

「ええっ⁉」

驚いた私は立ち上がり、改めてジッと彼の容姿を眺める。

身長は一八〇センチ強で、しかも腰の位置が高い。瞳の色は薄茶色。ダークブロンドの髪だって、染めたって感じじゃないのに……。

「祖母がオーストリア人でね」

「あっ。なるほど……」

ようやく納得してうなずきつつ、今はそんな話をしている場合ではないと気がつく。

「それよりすみませんでした。あんな大口たたいておきながら、まんまと逃げられちゃって」

「いや、気にしなくていい。きみが犯罪に巻き込まれなくてよかった」

「でも……。あのスーツケース、貴重品が入っていたんじゃないですか？　私、貧乏学生ですけど少しならお渡しできるお金が」

そう話しながら、肩から下げている小さなショルダーバッグのファスナーを開けようとすると、彼の手がそっと私の手に触れてそれを制した。

反射的に、どきりと胸が跳ねる。大きく筋張った彼の手に、いきなり男性を意識してしまったからだ。

「大丈夫だよ。盗られたスーツケースに入っていたのは、衣類とウィーンに住んでいる祖父母への日本土産だけだ」

「そ……そうなんですか。よかった……」

彼の手はすぐに離れたけれど、なんとなく目を合わせづらくて、うつむきがちにつぶやく。

……やだな、なんでだろう。顔が熱い。

手のひらでパタパタと顔をあおいでいると、彼の特徴的な甘いバリトンボイスが私に尋ねる。

「でも、きみの勇気と正義感には本当に感謝している。なにか、お礼をさせてもらえないかな？」

「えっ……？　そんな、犯人には逃げられちゃったんですから」

お礼をしてもらうなんて、めっそうもない。それに……これ以上この人と一緒にいると、いちいちどぎまぎしてしまって疲れそうだ。

初め見た時は、瞳や髪の色にばかり注目していたから気づかなかったけれど、よく見たら、ものすごく整った顔立ちをしているんだもの。

眉や鼻、顎のラインなどくっきりと直線的なパーツが多い中、少し垂れた目もとにちょっとだけ隙があって、そこがまた甘い雰囲気を醸し出していて……。

「きみの気持ちがうれしかったんだよ。見て見ぬフリだってできたのに、迷わず犯人を追いかけてくれただろう？　なかなかできることじゃない。お礼は、そうだな……もし時間が許すなら、おいしいザッハートルテを一緒に食べるというのはどう？」

　ザッハートルテ……！　そのひと言に、ぱぁっと目を輝かせてしまったのが自分でもわかった。その現金な反応を彼は微笑みながら見ていて、恥ずかしく思いながらも、甘い誘惑にはかなわなかった。

「……ぜひ、お供させてください。気ままなひとり旅なので、時間ならたっぷりあるんです」

「よかった。有名なホテル内にあるカフェなんだけど、ケーキの味も、アール・デコ調の内装もきっと気に入るよ」

　話しながら、タクシー乗り場に向かって歩きだす。彼は当然のように、私の大きなスーツケースを引いてくれた。

「アール・デコ？」

「二十世紀初頭に流行したデザイン様式のひとつで、直線的なパターンと幾何学模様が特徴なんだ。インテリアもだが、建築にも多く使われているよ。ニューヨークのクライスラービルなんかがそうだ」

　それなら私でも知っている。テレビでもよく見る、先端が尖《とが》った形の超高層ビルだ。

「お詳しいんですね。建築関係のお仕事を?」

「……一応、建築士でね。今は基本的に日本で仕事をしているが、二十代の頃はここウィーンの、若手ばかりが集まった建築事務所で働いていたんだ」

なるほど、建築士……。それにしても『二十代の頃は』と言うのだから、今はきっと三十代なんだよね。そんなふうには見えないくらい、爽やかで若々しいのに。

こっそり彼の横顔を観察しながら路上で待機していたタクシーの前まで来ると、運転手に荷物を渡してトランクに積んでもらい、私たちはふたりで後部座席に乗った。

閉めきられた車内で、彼が大人っぽい香りのフレグランスをつけているのに気がつく。甘くて濃厚だけれど決して不快ではない、ラグジュアリーで気品あるオリエンタル系の香り。

こんなにいい香りのする男の人っているんだ……。

私がそんなことを考えている間に、彼はオーストリアの公用語であるドイツ語をスラスラ使いこなして運転手に行き先を告げていた。

「すごいですね、私なんか英語すら危ういのに」

ついさっき、初対面の彼に放った綻びだらけの英語を思い出し、自分にあきれる。

左隣に座る彼も同じシーンを思い浮かべたのか、小さく肩を震わせてクスクス笑った。

「俺は何年も住んでいたからね。必要に迫られればきみだって……そうだ、まだ名前も名乗ってなかったな。俺は京極志門だ。よろしく」

「瑠璃です。よろしくお願いします」

「瑠璃。きみに似合う、かわいい名前だな」

美しい微笑みを浮かべて自然と褒め言葉を口にする彼に、頬が熱くなった。

お、お世辞お世辞……。ウィーンに何年も住んでいたというし、彼の感覚がちょっと欧米風なだけだ。

「京極さんも、素敵なお名前ですね」

「志門でいいよ」

「えっ？　でも……。京極さんはきっと私より年上ですよね？」

「今年で三十二だ」

「私は二十二なので、十個も上です。やっぱり名前で呼ぶなんて……」

「そんなことは気にしなくていいよ。これから一緒にケーキを食べにいくんだ、堅苦しくない方がいい。ほら、呼んでみて？」

彼は優しい笑みを浮かべ、私に名前を呼ばれるのを待っている。でも、年上の男性をいきなり下の名前で呼ぶなんて、緊張するんだけど……。

「志門さん……?」

まごつきながらも言われるがままに呼びかけると、彼は穏やかに目を細めて「うん」とうなずいた。上品な笑い方が、さすが大人という感じ。

彼にとっては私なんてただの子どもなんだろうな。私の背は平均より少し低めだし、居酒屋で年齢確認をされることもしばしばあるほど、顔立ちも幼い。丸顔で、目は大きいと言われるけれど鼻は低いし、総じて地味な顔だ。

さっき彼が放った『かわいい』発言も、子ども扱いされたってことかも。

ひとり納得していると、志門さんはさらに質問を重ねる。

「二十二歳ってことは、大学四年生?」

「そうです。就職はまだ決まってないんですけど……たぶん、バイト先の洋菓子屋さんでそのまま働くことになると思います。ウィーン菓子も多く取り扱っているお店なんですけど、そこで初めてザッハートルテの味を知って、すっかりハマっちゃって。だから今回、本場の味を食べてみたくてウィーンに」

「なるほど。いいね、好きなものに囲まれて働くのは幸せだろう」

「はいっ! 幸せです!」

満面の笑みでうなずくと、志門さんの頬もつられたように緩む。でも、私は言ってからちょっとだけ後悔していた。

大好きなケーキに囲まれて働くのが幸せだなんて、また子どもっぽい一面を見せてしまったように思えて。

「きみの恋人は幸せだな。そんな愛らしい笑顔をいつもそばで見られて」

サラッと笑顔を褒められ、照れくさくなった私は慌てて否定する。

「恋人なんていませんよ。いたらひとりでウィーンに来たりしません。お話しした通り、花より団子なので」

「ということは、好きな人もとくに……?」

「はは、あたりです。だからこんなに色気もかわいげもないんですよね」

自虐的に言って、ぽりぽり頭をかく。

大学の友人たちは、彼氏や好きな人のために、日々服装やメイク、時には下着のことまで悩んでいる。

それに比べて私ときたら、適当な格好で大学とバイト先を行き来するだけで、メイクが崩れたって直しもしない。自分の顔より、ケーキを見つめている方が断然ときめくのだ。

「今の瑠璃にかわいげがないとは思わないが、色気だとかそういうものは本気の男に出会えばおのずと引き出される。たとえ今は花より団子のきみでもね」

志門さんの大人びた助言に、どきりと胸が跳ねた。

だって彼がジッと私を見つめながら話すものだから、まるで彼本人が私の色気を引き出してみせると宣言しているように錯覚してしまって……。でも、そんなわけないってば。

「あ、ありがとうございます」

「うん。もうすぐ着くよ」

窓の外を流れる景色は、いつの間にか歴史的建造物が建ち並ぶ市街地になっていた。

すごい、これ全部、テーマパークとかじゃなくて、本物なんだ……。ガイドブックの写真で見るよりずっと情緒ある街並みに、胸はますます高鳴った。

間もなく到着したホテルは、もともと宮殿として使われていたのだという、クラシカルで豪華な建物だった。真っ白な外壁に立派な柱。細部にわたるまで凝った装飾が施され、一軒丸ごと芸術的な建築だ。

「すごい……どんな人が泊まるんだろう」

「案外、こんな普通の男かもしれないよ」

「えっ？」

聞き返した時には志門さんはすでに入り口に足を踏み入れようとしていて、慌てて広い背中を追う。……まさか、志門さんはここに宿泊を？ そんなわけないよね。

イギリスなら女王様。アメリカなら大統領。日本であれば天皇陛下なんかが泊まるのにふさわしいような、本当に格調高い雰囲気だもの。

利用するのはカフェだけとわかっていても緊張する……。その緊張は、ホテルの中に入ると、ますます高まった。

エントランスから広いロビーの全体に敷かれているのは、真っ赤なふわふわの絨《じゅう》毯《たん》。窓際には、きっちり折り目のついた重そうな布のカーテン。天井から下がっているのは、豪華なクリスタルのシャンデリア。テーブルや椅子などの家具も、とにかく王様やお姫様が使うような気品ある物ばかりだ。

スーツ姿の志門さんはともかく、カーキ色のブルゾンにグレーのニットワンピ、黒のショートブーツというカジュアルないでたちの私は、場違い感が半端ない。

「きみの荷物をクロークに預けてくる」

「あ、はいっ。すみません……！」

私のスーツケースを手に正面のフロントに歩いていく志門さんを、遠巻きに見つめる。日本人離れした美しい彼の容姿は、ラグジュアリーなホテルの空間に違和感なく溶け込んでいた。

すごいな……志門さん。ただ歩いているだけなのに、ピンと伸びた背筋と、ゆったりとした身のこなしがとても優雅だ。こうして見ると、まるで中世の貴族みたい。別世界の人だ。

ぼうっとその姿に見とれていると、彼が私のもとに戻ってくる。

「お待たせ。どうかした？　ぼうっとして」

「いえ、なんでも。楽しみです、ケーキ」

そう言いつつも、なぜだか胸がいっぱいで、お腹がすいた感じがあまりしなかった。あんなに楽しみにしていたザッハートルテが食べられるというのに……。

自分の体調に首をかしげながら、志門さんに連れられて同じ階にあるカフェへ向かった。

広いカフェ内にはたくさんのお客さんがいて、私のようにカジュアルな格好をした観光客も少なくなかったので、少し緊張が解けた。ケーキやコーヒーのほか、食事を取っている人々もいる。

「お目当てのザッハートルテ以外にも、ケーキはたくさんあるよ」

「本当だ……。どれもおいしそう……」

入り口近くのショーケースの中には、見た目も美しい様々なケーキが二十種類以上並んでいた。つい目移りしてしまうけれど、やっぱり一番に食べたいのはザッハートルテだ。

チョコレートケーキの王様とも評されるこのケーキを初めて世に生み出したのは、フランツ・ザッハーというパティシエ。

本当なら彼の息子が開いたホテルのカフェが出す『ザッハートルテ』こそが元祖らしいのだが、今やこの店のようにウィーンのカフェではどこでもザッハートルテを提供しているので、私は今回の旅行でいろいろ食べ比べてみたいと思っている。

真っ白なクロスのかかった四角いテーブルの席に案内されると、志門さんに頼んでケーキとコーヒーを注文してもらった。数分で、ふわふわに泡立てたミルクののったコーヒー『メランジェ』と、念願のザッハートルテがふたり分運ばれてくる。

「これが本場のザッハートルテ……！」

間にアプリコットジャムの塗られたスポンジに、艶やかなミルクチョコレートのコーティング。脇にはたっぷりのホイップとラズベリーが添えられ、美しく芸術的なひと皿だ。

「写真を撮っても大丈夫でしょうか？」

「ああ。この店は人気だからね。訪れた観光客はみんなそうして、SNSで自慢しているよ。瑠璃もSNSをやっているの？」

「いえ、私はとくに。ただ、母に写真を送りたくて」

私はそう言ってバッグからスマホを取り出し、ザッハートルテの写真を一枚だけ撮影する。

「お母さん？」

「はい。若い娘がひとりで海外旅行なんてと反対する親も多いと思うんですけど、母は快く送り出してくれたので、感謝の意味も込めて旅行中のことはいろいろ報告しようと決めてるんです。父を早くに亡くし、女手ひとつで私と兄のふたりを育ててくれた、明るく頼もしい母なんですよ」

「なるほど。仲がいいんだな」

志門さんの言葉に自信を持って「はい」とうなずく。

でも、家族の中には私のひとり旅に反対している人もいたけどね……。

私は母よりずっと心配性でお節介の兄の顔を思い浮かべつつ、スマホをしまってフォークを握った。

「では、さっそく」

「どうぞ、召し上がれ」

志門さんに見守られながら、丁寧に切り分けたケーキをぱくっと口に入れた。

しっとりとした口溶け、舌の上に広がる上品で濃厚な甘さ、鼻から抜ける香り高いカカオの風味……。

「んん〜、最高です〜」

ぎゅっと目を閉じて、しみじみつぶやく。口の中にケーキの存在がなくなってもまったりした余韻が残り、口から鼻までの一帯全部が幸せだ。

「本当に至福って顔をしてるな。瑠璃のその顔を写真に撮りたいくらいだ」

「え、や、やめてくださいよ、恥ずかしい」

「冗談だよ。でも、素直に感情が表に出る女性は魅力的だと思う」

優しい微笑みで私を見ながらさりげなく褒め言葉を口にして、志門さんもケーキを口に運ぶ。

しゃ、社交辞令だってば……。ついついドキッとしてしまう自分に言い聞かせる。

そして、またケーキをひと口頬張り志門さんを見ると、彼の唇の端にチョコレートが少しだけついていた。

あ……なんか、かわいいかも。

十歳も年上で、高貴なオーラをまとう美しい容姿の彼が見せるちょっとした隙に、胸がトクンと鳴った。

「志門さん、チョコが」

自分の口もとを人さし指でトントンと指しながら教える。志門さんは少しはにかんで、その部分をナプキンでそっと拭った。

「失礼——うん、やっぱり絶品だな。このカフェのケーキはどれもおいしいと評判だから。……あ、せっかくほかにも種類があるんだから、俺は別のケーキを頼んだ方がよかったかな。そうすれば味見をしてもらえたのに、気がつかなくてごめん」

「いえ、私は同じものを頼んでくれてうれしかったですよ。おいしいって言った時に、共感してくれる相手がいるといないとでは全然違いますもん」

にっこり微笑んで告げたことは、本当の気持ち。志門さんは男性だから、カフェではコーヒーを飲むくらいなのかと思っていたけれど、コーヒーもケーキも同じものをふたつずつ注文してくれてうれしかったんだ。

「よかった。じゃあ俺は、瑠璃のひとり旅の邪魔にはなってない？」

「もちろんですよ。こんな素敵なカフェに連れてきてもらえたし」

コーヒーカップを手に取り、両手で包み込むように持って口をつけた。泡立てたミルクのまろやかさと濃い目のブラックコーヒーの苦みが絶妙に合わさって、ホッとする味だ。

「じゃあ、この後もきみの時間をもらっていい？」

「えっ……？」

私はぽかんとして、カップをソーサーに戻す。志門さんは穏やかな瞳で私を見つめている。

「俺もウィーンは久々だから、夕方まで観光しようと思ってるんだけど……ひとりよりはふたりの方が楽しいかと思って。もちろん、瑠璃が嫌じゃなければ」

「嫌、ではないですけど……」

海外旅行自体が初めての私に対し、志門さんはドイツ語が堪能だし、ウィーンに詳しい。一緒に観光できたら百人力だ。

……でも、どうしてそこまで親切にしてくれるのだろう。

「じゃ、決まりだな。瑠璃はこの後どこに行こうと思ってた？」

「あ、えっと……」

私はバッグの中から小さなガイドブックを取り出し、彼に渡した。

「とくに順番は決めていなかったんですけど、行きたいところにはペンで印がついてます」

志門さんはページをパラパラめくり、視線をガイドブックに落としたまま独り言のように語る。

「瑠璃は初めてだから、やはり王道スポットか……。オペラ座を見学してからベルヴェーレ宮殿で美術品鑑賞もいいし、旧市街をゆっくり散歩するのも……」

私のために頭を悩ませてくれているようで、なんだか申し訳ないな……。

恐縮しながらケーキを食べ進めていると、ふと頭にいいアイデアがひらめいた。

「志門さん、いいこと思いつきました」

「いいこと？」

首をかしげる彼に、私は大きくうなずいて告げる。

「私、志門さんの解説つきで、ウィーンの個性的な建築物をたくさん見たいです。できれば、そのガイドブックに載っていないところ」

せっかく建築に詳しい志門さんと一緒に観光できるのだ。だったら、ガイドブックに写真も説明もいっぱい載っている王道スポットは後回しにして、今日は志門さんおすすめの場所を巡ってみたい。

「なるほど……それはたしかにいい考えだな。でも、つい熱が入ってマニアックすぎる解説をするかもしれない。その時は瑠璃が止めてくれる？」

「ふふ、わかりました。マニアックに建築を語る志門さんもちょっと見たいですけど」

「瑠璃、おもしろがるつもりだろ。まずいな、できるだけ抑えめにするよ」

顎に手をあてて難しい顔をする志門さんがおかしくて、クスクス笑ってしまう。見た目はとっても高貴で洗練されている彼だけれど、時々人間らしい言動で私の心を和ませる。

そのギャップがとても魅力的に思えて、彼と一緒に過ごす時間がすっかり楽しくなっていた。


観光に出かける前にホテルのフロントに寄り、預けていた私の荷物が宿泊先のホテルに届くよう、志門さんが手配してくれた。至れり尽くせりの状態に私はすっかり恐縮してしまったが、紳士的な志門さんにとってはあたり前の行動のようだった。

ホテルを出て少し歩くと、路上で客待ちをしている馬車が目に留まった。

「一般の観光客でも乗れるんでしょうか？」

「ああ、フィアカーだな。観光用の馬車だから乗れるはずだ。乗りたい？ ……って、聞くまでもないな。ザッハートルテを前にした時と、同じ目をしてる」

「えっ……？」

クスッと笑った志門さんが御者に話しかけ、私たちは本当に馬車に乗れることになった。二頭の馬が引くかわいらしい馬車で歴史を感じる石畳の上をゆったり進むのは、お姫様にでもなった気分だ。

「嘘みたいです……本物の馬車に乗れるなんて」

「実は馬車に乗るのは俺も初めてだ。注目されている気がして、ちょっと照れるな」

たしかにすれ違う人々が、私たちに視線を注いでいる。でも、馬車というより志門さんの端整な顔立ちが注目を集めている気がしないでもない。

「どこへ行くんでしょう？」

「瑠璃に見せたいと思っている場所を、御者に伝えてある。順番に回ってくれるはずだよ」

「すごい……なんて贅沢な時間」

感動して思わず嘆息する。隣に座る志門さんが、そんな私を見て微笑んだ。

「気に入った？」

「もちろん。本当にウィーンって素敵な街……来てよかったです」

「俺もだ。瑠璃のおかげで、抱えていた憂鬱《ゆううつ》が吹き飛んだよ」

空を仰いで晴れやかな顔をする彼。

抱えていた憂鬱って、なんなんだろう。聞いてみたいけれど、せっかくの楽しい時間に水を差すことになるのも嫌なので、口には出さないでおいた。

馬車に乗ってのんびりと市街を巡り、モザイク屋根や繊細な彫刻が美しいゴシック建築の寺院を見たり、逆にきらびやかな装飾を排除した世紀末建築の建物を見たり。

志門さんは目的地に着くたびにそれぞれの建築様式について熱く語ってくれるのだけれど、いつも途中でハッとなり、『ごめん。つまらない話をして』とばつが悪そうに苦笑する、その姿がかわいらしかった。

そんな楽しい建造物巡りの途中、パッチワークのようにカラフルなデザインの壁が目を引いた。その壁にはツタが絡まっていたり、窓から木が飛び出していたり、なんともファンタジックな雰囲気の建物。

志門さんによると、『フンデルトヴァッサーハウス』と呼ばれている集合住宅だそうだ。

「なんだか不思議な建物……。おとぎ話に迷い込んだみたいです」

「だろう？　これをデザインしたのは、フンデルトヴァッサーという芸術家兼建築家。

もしも瑠璃がなにか建物を設計しようと決めたとしたら、無意識にまず直線を引こうとしないか？　しかし、彼の作品はいつもこんなふうに大胆な曲線を使うんだ。初めて見た時、自分の頭の固さを思い知らされた気がしたよ」

志門さんが馬車から建物を見上げ、目を細める。そのフンデルトヴァッサーという人は、きっと彼が特別に敬愛する建築家なのだろうな。

「私も、この遊び心たっぷりの外観、すごく好きです。心が自由になれる感じがする。でも、私の持っているガイドブックには載ってなかったな、ウィーンにこんな場所があるなんて」

「市営住宅だからかもな。実際にここで暮らしている住人がいるから、中までは見ることができないんだ。でも近くにミュージアムがあるよ。彼の絵画も見られるし、行ってみないか？　お腹がすいたらカフェもある」

「はい、行きたいです！」

私たちは『フンデルトヴァッサーハウス』を後にすると、数ブロック先でいったん馬車を降り、ミュージアム『クンストハウス・ウィーン』に入ることにした。

そこは、私のイメージする美術館とはひと味もふた味も違う、不思議な空間だった。足もとの床は、〝床というものは水平だろう〟という固定観念をあざ笑うかのように波打ち、壁もすべて丸みを帯びていて、角がない。建物を構成するすべてが曲線だ。

そこではフンデルトヴァッサー本人の作品を展示する常設展はもちろん、現代の芸術家たちによる企画展も開催されていた。芸術に疎い私でも見ているだけでわくわくする個性的な作品ばかりで、最後まで飽きなかった。


館内を見学した後は、緑あふれる中庭のカフェテラスで遅めのランチを取った。

私はサンドイッチとスープを。志門さんは野菜たっぷりのカレーを頼み、朝からケーキとコーヒーしか入っていなかったお腹を満たした。

「ここにもザッハートルテがあるみたいだけど、いいの？」

ポップな青色の丸テーブルで向かい合う志門さんが、小さなメニュー表を見ながら私に尋ねる。

「はい。食べたい気持ちはありますけど……もうお腹いっぱいで」

「そうだな。天気もいいし、昼寝でもしたい気分だ」

「ふふ、ですね」

お腹は満腹で、テラスに降り注ぐ午後の日差しはぽかぽか暖かい。居心地がよすぎて、なんだかまったりしちゃうな。

と、その時、志門さんのジャケットのポケットから振動音がした。彼は内ポケットに手を入れスマホを出すと、「ちょっとごめん」と席を立つ。どうやら電話がかかってきたようだ。

スマホを耳にあてながらテーブルを離れていく彼の横顔は、真剣そのもの。私と話している時のやわらかい印象とは違って、どきりとする。

仕事の大事な電話かな……？

話し相手がいなくなり、私はなにげなくテラスの風景を眺めていた。その時、テーブルとテーブルの間を通れずに困っている、車椅子の老婦人が目に留まる。

私は考えるより先に席を立ち女性のもとへ行くと、テーブルと椅子を少しずらして車椅子が通れる間隔をつくった。

「これで大丈夫ですか？」

そう言って微笑みかけてから、あっと思う。

……ここはウィーンだった。日本語が通じるわけないじゃない。

だからといってドイツ語は無理だから、せめて英語で……と、自分の薄っぺらい脳内和英辞典を必死でめくっていたその時だった。

「ありがとう。助かるわ」

「えっ……？」

女性の口からなめらかな日本語が飛び出して、意表をつかれた私は固まった。

女性の髪は白髪交じりのブロンドで、目の色はブルー。志門さんのように、見た目は完全に外国人なのだけれど……。

「日本語の上手な友達がいるのよ。彼女のご主人が日本人なの」

「あっ、そうだったんですか……。びっくりしました。よかったら、お席までお連れしましょうか？」

「大丈夫、自分で行けるわ。本当にありがとう」

丁寧にお礼を言って、女性はちょうど木陰になっている席まで自力で車椅子を動かしていった。その元気そうな姿に小さく微笑み、私も自分のテーブルに戻った。

数分後、電話を終えた志門さんも席に戻ってきて、椅子に腰を下ろしながら話す。

「ごめん、クライアントからの急な連絡で。しかし、離れた場所から見ていたよ。瑠璃はいつでも、困っている人を見るとすぐ体が動くんだな。尊敬するよ」

志門さんにおおげさに感心され、私は恐縮する。

「いえ……実は、母が車椅子なんです。だから、車椅子の人が困っている時にはじっとしていられなくて」

「お母さん、足が悪いのか？」

「はい。……私が生まれて間もない頃、車に乗っている時に事故に遭って。運転していた父は亡くなり、母は下半身が不自由に……。後部座席のチャイルドシートにいた私と兄だけが無傷でした」

志門さんが、眉根を寄せて沈痛の面持ちになる。そういえば、周囲の人にそんな顔をさせてしまうのが嫌だから、この話を誰かにするのは久しぶりだ。

でも、今現在の私たち家族は、お互い助け合って、楽しく生きている。そのことを志門さんにもわかってほしくて、先を続ける。

「でも母は、父がいない寂しさや経済的な苦労を私たち兄妹にまったく感じさせないくらい、毎日笑顔でいました。ひとりでいる時には泣いてたかもしれないけど、その顔を子どもには絶対に見せなかった。だから、私と兄も明るく生きてこられたんです。母は私の自慢です」

そう言ってふふっと笑うと、志門さんの表情もやわらいだ。

「瑠璃のお母さんは、優しくて強い人だな。きっと、きみもその血を引いているよ」

「そうかな……。そうだといいんですけど」

それでも母には遠く及ばないと思いながら、食後のコーヒーに手を伸ばす。そんな私を志門さんはいつまでも無言で見つめていて、なんだろうと照れくさくなる。

「そろそろ行きますか？」

沈黙に耐えかねてそう言うと、彼は我に返ったようにハッとしてうなずいた。

「……ああ。御者と馬たちも待ちくたびれているかもしれないな」

そうして私たちはまた馬車に揺られ、ウィーンの街並みをゆっくり堪能した。次第に日が暮れてくると、なんとなく夢から覚めていくような心地になる。

今日一日は、すごく楽しかったけど……明日からはひとりで観光だ。まだやりたいことはたくさんあるはずなのに、隣に志門さんがいてくれないと、味気なく思えてしまいそう。

ただ偶然に出会って、少しの間一緒に過ごしただけなのに、どうしてこんな気持ちになるんだろう。自分で自分がわからない……。

モヤモヤした思いを抱えつつも、別れの時間は刻一刻と迫っていた。夕暮れの薄闇に染まる街の一角で、私たちは馬車を降りる。

私は志門さんの顔がうまく見られず、石畳に視線を落としてうつむく。すると、とうとう志門さんが最後の挨拶を口にした。

「今日はありがとう、瑠璃。きみのおかげで楽しい時間が過ごせた」

その優しい声音を聞いただけで、泣きたいような気分になった。

ありがとうだなんて言ってくれなくていいから、もう少しだけ一緒にいたい……。

ワガママな思いが、私の胸をつつく。けれど、口に出す勇気はなくて。

「いえ……。私の方こそ」

ボソボソとそんな返事しかできない私に、志門さんが一歩近づいた。そして、大きな手をそっと私の頬に添えて上を向かせると、切なげな視線を私に向けた。

「瑠璃に、頼みがあるんだ」

「頼み……？」

「ああ。今夜、二十時、ホーフブルクに来てほしい」

ホーフブルク……？　たしか、ガイドブックに大きく特集されていた、壮麗な宮殿の名だ。

幾世紀もの長い間、ヨーロッパの大部分を統治していた華麗なる一族、ハプスブルク家の歴代皇帝の住まいで、今では人気の観光名所となっている。

「どうしてその場所へ……？」

「そこで夜通し行われる仮面舞踏会に俺は招待されているんだが……集まるのは独身男女ばかりの婚活パーティーみたいなもので、そこで結婚相手を見つけろと、お節介な親族から発破をかけられているんだ。でも、俺はそんなパーティーに集まる女性には興味を持てそうにない。……瑠璃。きみに惹かれてしまったから」

ドキン、と胸が大きく高鳴った。

志門さんが、私に惹かれている……？

そんなことあるはずないと思う反面、それが彼の本心であってほしいと願ってしまう自分がいた。

それはなぜか……気づいてしまえば簡単なこと。

私自身が、今日知り合ったばかりの十歳も年上の彼に。嘘みたいに、惹かれているんだ――。

自分の気持ちに確信を持つと、切なくて胸がきゅっと締めつけられた。

だって……志門さんと私とじゃ、釣り合わなすぎる。なにもかもが洗練されている大人の彼から舞踏会に誘われたって、私はそれにふさわしい服も、マナーや振る舞いも持ち合わせていないんだもの。

下唇を噛みしめて黙ったままの私に、志門さんが痺《しび》れを切らしたように問いかける。

「俺の気持ちは、迷惑？」

「……いいえ」

迷惑なわけがない。本当は胸がつぶれそうなほど、うれしい。だけど……。

「だったら舞踏会に——」

「行けません、私……。ドレスだってないし、ダンスの経験もない。参加したって、志門さんに恥をかかせてしまうだけです」

悲しいけれど、この誘いはお断りしなければ。無理やりに笑顔を作って、志門さんの薄茶色の瞳を見つめる。

しかし、彼はなにも言わずに腕時計を一瞥すると、スマホでどこかに電話をかけた。彼は電話の相手とドイツ語で短い会話を交わし、それが済むと私に向き直る。

「ドレスのことまで気が回らなくてすまなかった。タクシーを手配したから、今からいくつか店を見てみよう」

「えっ？　いえ、ドレスを用意すればいいというわけでは……！」

「お願いだ、瑠璃。きみが舞踏会に来て、そして、仮面をつけている大勢の女性の中から俺がきみを見つけ出したら……恋人になってほしい」

切実な声音で懇願され、ぎゅっと胸が苦しくなった。

嘘や冗談とは思えない。志門さんは、本当に私のことを……？

まだ完全に信じきれたわけじゃない。でも、彼が宣言通り、仮面で顔を隠した私を見つけてくれたなら、その時はきっと――。

「……わかりました。私、行きます」

「瑠璃……ありがとう」

心底ホッとしたような彼の微笑みに、胸がトクンと優しい音を奏でる。

こんなにロマンティックな街で出会って、めくるめく楽しいデートをして、その上王宮での舞踏会に誘われるなんて、小さな頃に憧れた童話の世界に入ってしまったみたい。

志門さんは、私に夢を見せてくれているだけ？　私、なにも知らない子どもだから、本気にしてしまうよ。あなたはきっと私を見つけてくれるって、期待してしまうよ。

胸にくすぶる甘い気持ちをどう処理したらいいのかわからないまま、やがてやってきたタクシーに乗り、彼とともに舞踏会用のドレスを探しに出かけた。


まずふたりで覗《のぞ》いたのは、街で最も賑やかなケルントナー通りに面したドレスショップ。日本のアパレルショップと相違ないような気軽に入れるお店で、値段もリーズナブル。しかし、やはりドレスの質もそれなりで、私も志門さんもこれだと思えるドレスが見つけられなかった。

二軒目に訪れたのは、高級ブランドの路面店を思わせる、見るからにラグジュアリーなドレスショップ。志門さんの勧めでいくつか試着させてもらうと、ドレスの質がいいものであることはわかったものの、私に似合うデザインがなく、そこでもなにも買わずに店を出た。

そうこうしているうちに舞踏会の時間は迫っていて、三軒目の店の前でタクシーを降りるのと同時に、志門さんが腕時計を見て心苦しそうに言った。

「ごめん。俺が付き合えるのはここまでみたいだ。舞踏会の前に一度、祖父母に顔を見せる約束なんだ。この店で、いいドレスが見つかればいいが」

志門さんが不安げに、ドレスショップの方に視線を投げる。白とパステルグリーンの淡い色合いの外壁がかわいらしい店だ。今まで訪れた店よりはずいぶん小さく、品ぞろえは多くなさそうだけれど……。

そんなことを思いながらショーウィンドウに目をやると、控えめでエレガントな、グレイッシュピンクのイブニングドレスを着たマネキンが飾られていた。

「あのドレス、素敵……」

「たしかに、瑠璃によく似合いそうだな」

志門さんはそう言うと、スラックスのポケットから財布を取り出した。そこから五百ユーロ紙幣を十数枚出し、私の手に無理やり握らせる。

「これであのドレスを買うといい。それから、ダンス用の靴とマスクもね」

「志門さん……そんな、受け取れません！　こんな大金」

即座にお金をつき返そうとするが、彼は微笑んだだけで受け取ろうとせず、タクシーの方へ戻ってしまう。そして車に乗り込む直前、こちらを振り返って言った。

「後で会えるのを楽しみにしているよ」

そうしてあっという間に、タクシーは目の前から走り去ってしまった。

行っちゃった……。時間がなくて焦っていたせいか、彼にしては少し強引だったな。

仕方ない、このお金は舞踏会で会った時に返そう。

そう決めていったん紙幣の束は財布にしまい、ドレスショップに向き直った。

外観はすごくかわいいけれど、店内はどんな感じなんだろう。今度こそ、気に入るドレスがありますように……。

私は期待と不安の両方を抱きつつ、入り口のドアノブを掴《つか》んで引いた。

「わぁ……」

店内に一歩足を踏み入れただけで、胸がときめいた。外観と同じくパステル調の色を使った壁紙や、白く塗られた木製の枠にピンクの布が張られた椅子、アンティーク

の飾り棚。それらのインテリアの中に、色とりどりのドレスや靴、バッグ、アクセサ
リーが、展示品のように並んでいる。

子どもの頃に想像していた、お姫様の衣裳部屋って感じ……。ゆっくり店内に足を
進めながら、その独特の雰囲気に胸の高鳴りを覚えていたその時。

「……あら？　また会ったわね、お嬢さん」

「えっ？」

聞き覚えのある女性の声に振り向くと、昼間美術館のカフェで会った、車椅子の老
婦人が優しい笑みを浮かべてそこにいた。

「ドレスを探しているの？」

私は驚きに目を見開きつつ、素直にうなずく。

「はい、そうなんです……。今夜、仮面舞踏会に誘われていて」

「まぁ、それは楽しみね！　ドレスもマスクも一緒に選んであげるわ！」

青い瞳を少女のように輝かせ、女性が私の近くまでやってくる。

「いえ、そんな……ご迷惑でしょう？」

「遠慮しないで。ここは私の店よ？　お客さんと一緒に悩むのはあたり前のこと」

そう言って悪戯《いたずら》っぽくウィンクした女性に、私はますます驚いた。

　ここ、この人のお店だったんだ……。すごい偶然……。

「私はソフィーよ。あなた、名前は？」

「瑠璃です。神谷瑠璃」

「ルリ！　愛らしい響きね。あなたには親切にしてもらったし、私自身が舞踏会なんて何十年もご無沙汰だから、ぜひお節介を焼かせてほしいわ」

　彼女が本当にうれしそうに話すものだから、お言葉に甘えることにした。日本語が通じるというのも心強いし、店内を少し見ただけでも、舞踏会に着ていくのはこのお店のドレスがいいと直感していたから。

「ありがとうございます、ソフィーさん」

「ソフィーでいいわ。ルリに似合いそうなドレスは、そうね……」

　ソフィーという頼もしい協力者を得て、衣装選びは急ピッチで進んでいった。

　長すぎるドレスの裾も、ソフィーが私の身長に合わせ、店の奥にある年季の入ったミシンで魔法のようにすぐ仕立て直してくれた。気分はさながらシンデレラだ。

「素敵よルリ、鏡の前でマスクもつけてごらんなさい」

「はい……」

　私はソフィーに促され、姿見の前に立った。ふたりで選んだドレスは、最初に惹かれた、店頭のマネキンが着ているグレイッシュピンクのロングイブニングドレス。マネキンが着ている時は気にならなかったが、オフショルダーのデザインが思った以上に大人っぽくてセクシーだ。

いつもと違う雰囲気の自分を見つめながら、目もとを隠すマスクをつけた。白地にゴージャスな金の刺繍で花や蝶が描かれた、華やかで女性らしいデザインのものだ。

「マスクをつけると、また一段とセクシーになるわね」

ソフィーは褒めてくれるけれど、私は少し不安になっていた。

マスクをつけただけで、一気にミステリアスな雰囲気になっちゃった……。みんながみんなこのような格好をするパーティーで、志門さんは本当に私を見つけられるのだろうか。

浮かない顔をしてうつむく私を、ソフィーが優しく励ます。

「大丈夫。最初はみんな緊張するものだけれど、一度踊ってしまえば、時間を忘れるほど楽しくなるわ」

「ソフィー……」

私は彼女の言葉に勇気をもらい、覚悟を決めてうなずいた。

仕上げに、とても手先が器用なソフィーにヘアアレンジまでしてもらい、すっきりとアップにした髪のてっぺんに小さなティアラをのせる。

そうして完全に舞踏会スタイルが完成した頃には、会場に向かわなければならない時間も迫っていた。

もともと着ていた服などの荷物はソフィーが預かってくれることになり、明日の朝、改めて店を訪れる約束をした。

きっと、大丈夫……。ソフィーが私に魔法をかけてくれたんだもの。志門さんのお姫様になれるって、信じよう——。

「楽しんでいらっしゃい、ルリ」

「ありがとう、ソフィー。行ってきます」

店から一番近い大通りまで見送ってくれた優しいソフィーの声に背中を押されるようにして、私は手配してもらったタクシーで、ホーフブルクを目指した。


ムーディーにライトアップされた夜のホーフブルク。タクシーを降りていざその巨大で豪華なたたずまいを間近で目の当たりにすると、思わず圧倒されてしまった。

どこへ向かえばいいのかと辺りをキョロキョロ見回すと、おそらく同じ舞踏会に参加するのであろう正装した男女が大勢、同じ方向に向かって歩いているのに気がつく。

あっちに入り口があるのかな……。私も彼らにならって、オドオド宮殿のエントランスから中へ入っていった。

迷路のように入り組んだバロック建築の建物内部には、ハプスブルク家の一族であろう人物の肖像画や彫像、巨大なタペストリーなど、つい足を止めてじっくり見学したくなる美術品や装飾が数えきれないほどあった。

こんなにすごい場所で舞踏会を開くなんて、主催者はいったいどんな身分の人なんだろう……。

自分は場違いなのではないかとドキドキしながら、やがて会場である広々としたホールに到着した。入り口の手前で仮面をつけ、人波に流されるように入場するなり、オーケストラの演奏が耳に飛び込む。会場の一角で生演奏しているのだ。

「すごすぎる……」

高い天井、まばゆくきらめくシャンデリア、立派な円柱形の柱……ホールの一番奥に小さく見えるのは、赤い絨毯の敷かれた小さな階段。その先の玉座のようなスペースに、誰も座っていない椅子が一脚置いてあった。

あそこには誰が座るんだろう……。王様、なわけはないから、この舞踏会の主催者だろうか。そんなことを考えているうちに、さらに人が増えてきた。

見渡す限り、仮面をつけた人、人、人。ホールを囲むように設置されたテーブル席には、軽い食事やシャンパンなどのお酒も用意されているようだ。

志門さんは『婚活パーティーのようなもの』だなんて話していたけれど、想像を絶する規模と豪華さに、だんだん居たたまれなくなってくる。

やっぱり、いくら見た目を取り繕ったところで、私のような貧乏学生が参加していいものじゃないんじゃない？

それに、この人の多さだ。いくら志門さんががんばって捜してくれても、身長の低い私はすぐに人の陰に隠れて、見えなくなるだろう。

彼に見つけてもらえなければ、私はひとりぼっちだ。そうなった時のことを考えると、心細くてたまらない。

……出よう。ここは私なんかがいるべき場所じゃない。

せっかく誘ってくれた志門さんには申し訳ないけれど、このウィーンで彼と出会えたことだけをきれいな思い出にして、胸にしまっておこう――。

人波に押されるようにしてホールの中ほどまで来てしまっていたけれど、私はその隙間を縫って、開け放たれた出入り口の扉に向かって逆戻りしていく。

時々人にぶつかっては「ソーリー」と謝り、なんとか扉の前まで来た、その時だ。

「見つけた」

そんな声とともに、誰かにうしろから腕を掴まれた。

えっ……？　この声、もしかして。

信じられない思いでゆっくり振り向くと、上質な黒のタキシードに身を包み、シルバーの魅惑的なマスクを着けた、長身の男性がそこにいた。

目を凝らして、マスクの目もとから覗く瞳を見つめると、その色はミステリアスな薄茶色。髪の色も、彼と同じ美しいダークブロンドだ。

「志門さん……？」

「ああ。ありがとう、瑠璃。来てくれて」

まったりとした色気のあるバリトンボイス。間違いなく、彼本人だ。まさか、この人混みから私を見つけてくれるなんて……。

なにも言えずにただ胸を熱くしていると、出入り口の扉がゆっくり閉められた。

オーケストラの音楽がいったん止まり、ホールの端にマイクを持った司会者が現れる。

ドイツ語なので内容は不明だが、明るく宣言するような口調から察するに、おそらく、舞踏会の開会を告げているのだろう。

それが終わるのを見届けてから、志門さんが私に微笑みかける。

「さあ、時間だ。踊ろう、瑠璃」

「はい……」

私は魔法にかけられたようにうなずき、彼に手を取られて再びホールの奥へ向かっていった。オーケストラが、ゆったりしたワルツを奏で始める。仮面をつけた男女が、思い思いに踊りだした。

私たちはその間をすり抜けるようにして歩き、さきほど〝玉座みたい〟と思った一段高い場所のすぐ手前までたどり着く。

志門さんは正面から私を見てうやうやしく一礼をすると、下からそっと私の手を取り、反対の手を背中に添えた。おずおず志門さんの腕に掴まると、彼の真剣な眼差しと、至近距離で視線が絡む。

「大丈夫。俺にすべて任せて」

彼はそう宣言すると、ダンス初心者の私を優しくエスコートしながらステップを踏み始めた。

ダンスの経験もなく、ワルツのリズムに慣れない私でも、彼と視線を合わせ、力を抜いて彼のリードに身を委ねるだけで、それなりに踊れている気分になれるから不思議だ。

次第に笑顔が出てきた私を見て、志門さんは踊りを続けたままで言う。

「瑠璃。約束はちゃんと覚えている？」

「えっ……？　約束、ですか？」

「その反応……さては忘れているな？」

少し意地悪な口調で問われて、私はその場でくるっと回りつつ急に焦りだした。

そういえば、私はなんでこんな場所でくるくる回っているんだっけ？　志門さんと再会できてからは夢見心地で、なにも考えず踊りに夢中だったけれど――。

しばらく経つとオーケストラの演奏がやみ、志門さんはそっと私の体を離す。キョロキョロ辺りを見ると、仮面をつけた周囲の男女ペアは互いに一礼して別れ、また違うパートナーと手を取り合っていた。

……そういえば、この舞踏会は婚活パーティーとしての一面もあるんだっけ。

思い返しているうちに、次の曲の演奏が始まった。周囲の人々がそろって再び踊りだす。

しかし、志門さんは音楽もダンスも無視して急に私を抱き寄せると、耳もとに唇を近づけ、吐息交じりにささやいた。

「約束通り恋人になってくれるなら、こんなところで踊っているより、きみをホテルの部屋に連れて帰って、思う存分触れ合いたい。……ダメかな？」

突然の甘い誘惑に、ドキン、と心臓が飛び出しそうなほど大きく跳ねた。

そうだ……。もしも、この大勢の仮面をつけた人の中から彼が私を見つけたら、恋人になるって約束を……。

「俺は本気だよ。瑠璃、返事を」

そっと体を離した彼に促され、私は頬が真っ赤に染まっていくのを感じながらも正直な胸の内を告げる。

「志門さんの恋人になれるのは、うれしいです。でも私、そういうこと、なにも知らなくて……」

大人の恋人たちがどういうふうに愛し合うのか、さすがにこの年で知識がないわけではない。しかしなにしろ彼氏がいたことがないので、実際どんな感じなのか、想像もつかない。

「大丈夫。ダンスと同じで、俺を見つめて、すべてを委ねてくれればいい。乱暴にはしないと約束する」

「志門さん……」

真摯な眼差しで諭されて、私の覚悟もようやく決まる。

彼は、今日初めて会ったばかりの、この広々としたホールの人波に埋もれてしまうほど背の小さな私を、仮面をつけて顔だってわからないのに、あっという間に見つけ出してくれたのだ。生半可な気持ちでできることではない。

この人の言葉なら、信じられる。信じて……すべてを委ねてみたい。

「私を連れていってください、あなたの部屋に」

私の答えを聞いた志門さんはその場にひざまずき、王子様のように手の甲に口づけをすると言った。

「おおせのままに、お姫様」

そのまま彼に手を引かれ、いまだに大勢の仮面の男女がダンスで盛り上がる舞踏会を、ふたりでこっそり抜け出した。

ホールから離れるにつれオーケストラの演奏の音も遠ざかり、人気のない宮殿の廊下はとても静かだった。

その一角で志門さんが不意に足を止め、仮面をはずす。ずっと一緒にいたのに見えなかった彼の素顔が、壁に取りつけられた燭台の、ろうそくを模した明かりに照らされる。

その美しさに見とれていたら、彼が口を開いた。

「開会直前に会場に入った俺は、一段高い場所からホール全体を見渡した。正直、想像以上に参加者の人数が多くて、きみを見つけるのにも時間がかかりそうだと焦ったよ。……でも」

一段高い場所って……もしかして、あの玉座みたいな椅子からだろうか。王子様のような志門さんなら、あそこに座っていてもたしかに違和感がないけれど、まさかね。きっと別の場所だろう。

そんなことを考えていたら、志門さんが私の仮面に触れる。そしてもう一方の手で、後頭部で固定されていたリボンをほどくと、私の顔からそっと仮面をはずした。

お互いに邪魔だった仮面を取り去って、改めて素顔で見つめ合うと、胸がぎゅっと締めつけられた。私はこんなに彼に惹かれていたのだと、今さらのように思い知る。

「そんな心配、まったく必要なかった。あんなに大勢の人がいる中で、俺の目には瑠璃だけが輝いて見えたんだ。仮面をつけていても、すぐにきみだとわかった」

「志門さん……」

「こんなにひとりの女性を心から欲しいと思ったのは初めてだ。……今夜は帰さないよ、瑠璃」

薄茶色の瞳に熱をはらませて徐々に近づいてきた彼は、私を優しく壁に追いつめて手首を縫いつけ、唇を重ねてきた。

やわらかくて、甘い感触……一瞬で体の力が抜けてしまうような、とろける味がした。その上彼のまとうフレグランスが昼間よりも濃密で官能的な香りに変わって、私をくらくらさせる。

「ん、……志門、さ」

「キスをしただけでそんなにかわいい声で鳴くのか……。ベッドに連れていくのが楽しみだ」

息のかかる距離でささやかれると、得体のしれない感覚が私の中をぞくりと駆け抜けた。志門さんの唇が、二度、三度と重なり、息継ぎのためにわずかに開いた唇の隙間から、濡《ぬ》れた舌が忍び込んでくる。

私は驚いて自分の舌を奥に引っ込めてしまったけれど、志門さんの舌は器用にそれを探しあて、ねっとりと絡ませ合い、混じり合ったお互いの唾液をすすった。

頭の芯が痺れてきて、理性が遠のくのを感じる。私は次第に、自分からねだるようにキスを求めていた。

「瑠璃……」

「志門さん……」

互いの名を呼んでは、貪るようにキスをして。ふたりだけの廊下には、この高貴な王宮の歴史を冒瀆《ぼうとく》するかのように淫猥《いんわい》な口づけの音が、長いこと響いていた。

タクシーで彼の泊まるホテルに移動すると、見覚えのある場所だったので驚いた。広々として豪華絢爛なロビー。そこは昼間、彼とザッハートルテを食べにきたカフェのある、あのホテルだったのだ。

呆気にとられる私にかまわず志門さんがフロントで手続きを済ませると、私たちはベルボーイに部屋まで案内された。建物の五階にある、おそろしく優雅な部屋だった。

舞踏会が行われていたあの王宮の客室も……いや、それより王様やお姫様が寝起きしていた部屋がきっと、こんなふうだったのではないだろうか。

「すごい、お城みたい……！」

夢見心地で部屋を見渡していると、入り口のそばでベルボーイと言葉を交わしていた志門さんが、話を終えて彼を帰してから、私のもとへ歩み寄る。

「気に入った？」

微笑みながら問われて、私は迷わずうなずく。

「もちろんです。こんなところに泊まれるなんて、志門さんって、とてもすごい建築士さんなんですね」

「たいしたことないよ。それに今は、肩書も年齢もない。たったひとりの女性に心奪われて理性を失いかけた……ただきみを欲しがる一匹の雄だ」

切なげな声音でそう語った彼が、私の耳の脇にスッと大きな手を差し入れる。心臓がドキン、と大きく脈打ち、王宮でキスを交わした時のような甘く濃密な気配が、私たちを包み込んでいく。

「志門さん……」

胸にこみ上げる愛しさから自然と名前を呼ぶと、彼はゆっくり身を屈めて私の頬に軽くキスした後、内緒話のように耳もとで告げる。

「瑠璃。ベッドへ」

「はい……」

彼はダンスをエスコートするように私の手を取り、立っていたサロンのような空間から部屋の奥へと進む。

そして別の部屋につながるドアを開けると、中央にキングサイズのベッドを配した寝室があり、彼は私をベッドに座らせる。自分も隣に腰掛け、私のティアラと髪留めをはずした。

さら、と髪が肩に落ちて、熱をはらんだ視線が絡み合う。志門さんは私から目を離さずにティアラと髪留めを手の届く場所にあったテーブルに置き、自由になった両手で私の顔を包み込むように掴んで唇を合わせた。

私は自然と彼の背中に腕を回し、覚えたばかりのキスに夢中になる。お互いの息遣いが激しくなっていき、やがて私の体はベッドに沈められた。

朝の光が差し込む部屋にひとり。彼の名刺を手に、あまりにロマンティックだった一日のことを嫌でも反芻してしまう。

本当に、幸福な甘い夜だった。……けれど、全部忘れなければ。

記憶も、重ね合わせた肌の感覚も。彼に抱いた、初めての恋心も。

癒えない傷を抱えて

「ありがとう瑠璃。こんな素敵な手鏡もらったら、お母さん今より美人になっちゃう」

「ふふ、よかった～喜んでもらえて」

帰国した日の夜、私は家のリビングで母にお土産を渡していた。ウィーンには、当初の予定だった四泊六日そのまま滞在したけれど、どこへ行っても楽しい気分にはなれず、お土産を買うことすら億劫だった。

とはいえ、ウィーンで自分の身に起きたことを正直に家族に話すわけにもいかない。沈んだままの気持ちをなんとか奮い立たせて、家族とバイト先にだけ、お土産を買ってきた。

母には、伝統の刺繍工芸が施されたかわいらしい手鏡とチョコレート、兄には地ビールとグラスのセットだ。

「ただいまー」

「あ、お兄ちゃんだ。おかえりー！」

母をリビングに残して立ち上がった私は、玄関で仕事帰りの兄・浩介《こうすけ》を出迎えた。

都内の玩具メーカーに勤める兄は私より三つ上の二十五歳。

一七八センチと高めの身長で、黒髪をセンターで分けたナチュラルなヘアスタイルにきりっと男らしい顔立ちは、我が兄ながら、なかなかイケメンだと思う。

しかし、あくまで黙っていれば……の話だ。私の顔を見るやいなや、兄は今まで引き締まっていた男らしい表情を、へらっとだらしないものに変えた。

「瑠璃〜、やっと帰ってきたか！　お兄ちゃんは心配で心配で……」

靴を脱いで廊下に上がり、私にぎゅっと抱きつく。他人が見たらぎょっとしそうな兄妹愛だが、私にとっては想定の範囲内だ。大きな体を優しく受け止めながら、私は話す。

「うん、ただいま。それとありがとう。ウィーン、行かせてくれて」

兄はずっと私のひとり旅に反対していて、それでも最後には私の意思を尊重してくれた。反対する理由もわかっていたからこそ、その気持ちがうれしかったんだ。

「楽しかったか？」

「……うん。すごくきれいな街だった」

ほんの少しだけ返事が遅れてしまったけれど、兄は気に留めなかったようだ。私の頭をよしよしとなでて、満足したように体を離す。

「よかった。ずっと行きたいって言ってたもんな」

「ちゃんとお土産も買ってきたよ、お兄ちゃんの大好きなビール」

「さすがは俺のかわいい妹。最高のチョイスだ」

おしゃべりしながらふたりでリビングに向かい、家族三人そろったところで、改めてウィーンでの出来事を話した。

といっても、志門さんの話はもちろんできないから、仮面舞踏会のことには触れず、ひとりで街並みや食事、ケーキを楽しんだということにした。

「話を聞いてるだけでも素敵ねえ……。やっぱり行かせてあげてよかった」

うっとりしながら母が言うと、兄がすかさず口を挟む。

「まぁ、あまり治安が悪くない国だからよかったけど……それでも日本人観光客は置き引きに狙われたりするんだ。今度海外に行くときは、ひとり旅っていうのはやめてくれよ?」

私は苦笑してうなずいた。こんなふうに対照的な反応を見せる母と兄だが、ふたりの意見の根っこにあるのは、私たち家族にとって忘れられない、過去の交通事故。

ずっと人生をともに歩んでいくはずだった父を突然失った母は、〝命あるうちに、好きなことをして人生を楽しむ〟という考えがモットーになり、だから私のひとり旅にも賛成してくれた。

それに対して兄は成長するに従い、〝自分が父親代わりになって、母と妹を守っていく〟という強い使命感を持つようになったため、旅行には反対だったのだ。

ベクトルは違うけれど、ふたりの中にあるのは同じ優しさ。そんな彼らに感謝の意味も込めて、本当なら、もっと心から『楽しい旅行だった』と言えるはずだったんだけどな……。

お土産話に花を咲かせつつも、ウィーンで負った心の傷はそう簡単に癒えそうになく、私はどこか無理して笑顔を作るのだった。


翌日は旅行直後ということもあり、バイトは入れていなかった。けれど、家にいたら腐ってしまいそうだったので、お土産を持ってバイト先に向かった。

私の職場、中欧菓子専門店『Elisa《エリーザ》』は、洋菓子激戦区の自由《じゆう》が丘《おか》にある人気店。

駅からは徒歩十五分と少し離れているけれど、毎日行列ができるし、閉店時間よりも前にすべての商品が完売して早々とお店を閉めてしまう日もしばしば。

お昼過ぎから夕方にかけてが一番混雑するので、それより前にお土産を渡してしまおうと、十一時頃に店の裏口から入って休憩室を覗いた。

「お疲れさまでーす」

「あっ、瑠璃ちゃんだ、おかえり〜！」

そこで早めの昼休憩を取っていたのは、パートで働く上尾《あげお》さんだった。ふたりの子どもを持つ三十代のママで、優しいけれどサバサバしている、カッコいい女性。

さらに私と違ってすらりと背が高く、潔いショートヘアがよく似合う小顔。七分袖のワイシャツにベージュのショートエプロンというシンプルな制服も、彼女にはよく似合う。

エリーザは小さな店で、基本的に上尾さんと私と、それからオーナーパティシエの世良直輝《せらなおき》さんの三人で店を回している。

上尾さんと世良さんは同じ三十代前半なので、私ひとりが妹分のような立ち位置だ。

私が大学の試験中でバイトに来られない時、たまたま上尾さんのお子さんが熱を出したりすると、世良さんがひとりで店に立たなければならない。おそらくそれが大変なのもあって、世良さんは私を就職させてくれる気になっているのだと思う。

「どうだった？　念願のウィーンは」

上尾さんに聞かれて、私は空いている椅子に腰を下ろしながら、家族に伝えたのと同様、建前の感想を報告する。

「想像以上に素敵なところでした。ザッハートルテも最高でしたよ」

「いいなぁ……！　私、海外は新婚旅行のハワイしか行ったことないから、旦那と老後にでも絶対行こう」

「あはは、老後って」

「いやホント、今はお金と時間がないし、もしあっても子連れだって考えただけで疲れるんだもん」

　休憩室のテーブルに突っ伏して、上尾さんがため息をつく。上尾さんのお子さんは、現在五歳と二歳。好奇心旺盛で、あちこち行きたがる年齢なんだろうな。

「毎日忙しい上尾さんの癒やしになればと、お土産はオーガニックティーとジャムのセットにしました。よかったら」

　手に持っていたふたつの紙袋のうちひとつをテーブルに置くと、上尾さんがガバッと身を起こして破顔する。

「ありがと～、やだこれなんか高そう！　いいの？　もらっちゃって」

「もちろんですよ。お店休んで迷惑かけましたし、いつも上尾さんにはお世話になってますから」

　大学に入ってすぐに始めたここでのバイトが思った以上に長続きしたのは、ひとえに上尾さんの人柄のおかげだ。

世良さんもいい人には違いないけれど、無口で若干なにを考えているかわかりづらいため、私に仕事を教えてくれたのはほとんど上尾さんなのだ。

「こちらこそだよ～。あっ、世良さんにもお土産渡すよね？　私、ちょっと店番代わってくるから待ってて」

「あっ、いえ。後で上尾さんから渡していただければ……」

「いやいや、会ってってあげて？　世良さん、瑠璃ちゃんいない間寂しそうだったんだから～」

上尾さんはそう言い残し、休憩室を出ていってしまう。

世良さんが寂しそうだった？　……そんなはずはない。なにしろあの人はいつだって同じ無愛想な表情をしているのだ。

決して冷たいわけではなく人に気遣いのできる性格だし、作るケーキはとびきりおいしい。だけど、勤め始めて四年目になった今でも、私は彼の喜怒哀楽を見たことがない。

そんな世良さんに面と向かってお土産を渡すのは、変に緊張するなぁ。

お土産の入った紙袋の紐をいじりながら、なんとなく身構えていたその時だった。

ガチャリと休憩室のドアが開き、世良さんがやってきた。

白のコックシャツに、私や上尾さんのものより丈の長いベージュのエプロン。清潔感のあるツーブロックのショートヘアが、武骨で男らしい顔立ちを引き立てている。

ガタイもいいし、見た目だけだったら、パティシエより建築現場などの力仕事が似合いそうな感じだ。

「お疲れさまです、世良さん」

とりあえず立ち上がり、ぺこりと頭を下げて挨拶する。

「旅行で疲れてるところ、わざわざ来たのか。土産くらい出勤の時でもいいのに」

一瞬そっけなく聞こえるけれど、世良さんにはそんな自覚はないだろう。言葉通り、私の旅行疲れを心配してくれているのだ。そんな、わかりにくい彼の優しさに気づき始めたのは、つい最近のこと。

「家にいても結局暇を持てあましてしまうので、来ちゃいました。世良さんには、これです」

小さな紙袋を渡すと、中を覗いた世良さんがほんの少しだけ口角を上げた。

おや？　もしかして、喜んでくれてる……？

「スミレの砂糖漬け」

手のひらと同じくらいの大きさの丸い缶を取り出し、世良さんが言いあてた。

「はい。世良さんはやっぱりご存知でしたか。パティシエの世良さんなら、素敵にアレンジして食べてくれそうだなって思ったので」

「……そこまで考えて選んでくれたのか」

意外そうにつぶやいた彼に、私は微笑んでうなずく。

「だって、私にウィーン菓子の素晴らしさを教えてくれたのは、世良さんですもん。本場のケーキをいくつか食べて、もちろんそのおいしさに感動して帰ってきたんですけど、このお店のケーキの味にも、ますます愛着が湧きました」

どうしてもつらい思い出が際立ってしまう旅行ではあったけれど、見てきた景色や食べ物が素晴らしかったことに変わりはない。世良さんに伝えたウィーン菓子への思いも、心からの本音だ。

「……ありがとな」

無表情ながらもなんとなく穏やかな声音に、きっと喜んでもらえたのだろうと胸をなで下ろす。

しかし、これ以上世良さんと話すこともないので、私は早々といとまを告げる。

「じゃ、私そろそろ行きます。また明日からがんばって働きますのでよろしくお願いします」

「ああ。神谷がいないと寂し……じゃなくて、寂れた店に見えるからな」

……寂れた店？　私がいないくらいでそんなことないだろう。裏口から入る前に正面から店を覗いた時、店内には相変わらず大勢のお客さんがいたもの。

「おおげさですよ、世良さん。では、失礼します」

クスクス笑って頭を下げ、私は休憩室を出た。

今日は心なしか、世良さんがいつもより多めにしゃべってくれたような気がするな。いつか正式なスタッフになった時のためにも、彼ともうちょっと打ち解けられたらいいんだけど。

そんなことを考えながら店を後にし、まだ残暑の厳しい自由が丘を歩きだす。

同じ九月でも、ウィーンは涼しかったのにな……。頭上から降り注ぐ太陽の日差しに目を細めつつ、無意識に志門さんとの出会いを思い返しそうになって、慌てた。

「早く忘れないと……」

でも、どうやって？　こうしてひとりになると、さっきまで上尾さんや世良さんの前で笑えていたのが嘘みたい。彼のことを記憶の中から追い出そうとすればするほど、心が塞いでしまう……。

私はバッグからスケジュール帳を取り出し、九月のページに挟んである二枚の小さな紙を手に取る。あの朝志門さんが残していったメモと、彼の名刺だ。

こんなふうに後生大事に取っておいたって、メモに書かれた『連絡して』の言葉は、社交辞令か、遊びの延長でしかないに決まっているのに。

『京極建設　代表取締役副社長』の彼はきっと、ものすごく立派なオフィスの豪華な副社長室にいて、私には想像もつかない大きな仕事をしてるのだ。そばには美人の秘書がいるに違いない。

住む世界の違う人。好きになっちゃいけない人。

わかっている、けど……。

「会いたい……」

歩道の真ん中で立ち止まり、小さな二枚の紙を見つめてしゃくり上げた。すれ違う人々が、怪訝そうに私を見るけれど、止められなかった。涙が次々あふれては、頬を伝う。

泣いても泣いても切なさは収まることがなく、ちぎれそうに痛む胸が今さらのように、志門さんへの想いは本物だったのだと告げていた。

失恋の痛みは、私からいろいろなものを奪った。大学生活やバイトへのやる気、家族と会話する気力、おもしろいものを見て笑うエネルギー……。

食欲や睡眠欲も減退し、日に日に体が弱っていくのが自分でもわかったものの、どうにかしようと思う力もすでに残っていない。

母や兄にも心配されているけれど、『夏の疲れが今頃出たのかも』なんて言ってごまかし、毎日抜け殻のような状態で、大学やバイトに通った。

「瑠璃ちゃん、なんか痩せた？」

十月に入ってすぐのある平日。

閉店より二時間も早い十七時の時点で商品はすべて売り切れ、空いた時間を使ってハロウィンの飾りつけをしていた。その時ふと、上尾さんに聞かれた。

「はい、ちょっとだけ」

私は力なく苦笑して認めた。見た目に変化が出てしまうほど痩せてきているのは、自分でも鏡を見て気づいていたから。

「大丈夫？　なんか顔色も悪いわ。あとは私と世良さんでやるし、今日は帰ったら？」

「いえ、最後までちゃんとやります。こういうシーズン物の飾りつけって好きなんですよね。このかぼちゃもかわいいですし」

小さなジャック・オ・ランタンの置物を手にしてにっこり微笑むと、上尾さんも安心したように笑ってくれる。

「ハロウィンとかクリスマスって、お店は忙しくなるけど、モチベーションは上がるよね。世良さんの新作ケーキも楽しみだし」

「ですね」

そんな会話をしながら、飾りつけの作業を続けていた時だった。

「ふたりとも、お疲れ。今日はもう終わりでいいから、最後にケーキの味見をしていってくれないか？」

世良さんがそう言いながら、厨房へ続くドアから顔を出す。私と上尾さんは顔を見合わせ、そろって目を輝かせた。

休憩室に入ると、テーブルの上には三人分のケーキとティーカップ、ポットが用意されていた。思いがけないティータイムに、鬱々としていた気持ちが少し浮上する。

「これ、ハロウィン用ですか？」

私が尋ねると、世良さんはうなずいてケーキの説明をしてくれた。

「ああ。トプフェントルテにカボチャの裏ごしを合わせてみた」

トプフェントルテとは、ザッハートルテと同じくらいウィーンではなじみのあるチーズケーキのことだ。チーズとカボチャの相性はきっと抜群だろうなと想像すると、久々に食欲が湧いた。

「私、お茶淹れまーす」

上尾さんがポットを手に取り、それぞれのカップに紅茶を注いでくれる。

すると世良さんが、小皿の上に角砂糖とともに添えてあった、青紫のスミレの砂糖漬けをシュガートングで掴み、カップにひとつずつ落とした。

「これ、私が差し上げた……?」

「ああ。紅茶によく合うんだ」

へえ。楽しみ……。

そう思いながら席に着き、さっそくカップを手に取る。そして立ちのぼる湯気に鼻を近づけてかぐわしい花の香りを嗅いだ瞬間――私は突然吐き気を催して、口もとを手で押さえながらガチャンとカップをソーサーに戻した。

「瑠璃ちゃん?」

「ごめんなさい、気分が……」

心配そうにこちらを見つめる上尾さんにそれだけ告げると、私はバタバタと休憩室を出て、トイレに駆け込んだ。

しかし、水分を取る以外はほとんど食べ物を口にしていないので、戻したくてもなにも出てこない。胃がむかむかする不快感だけが残った。

「瑠璃ちゃん！　大丈夫⁉」

ドアの向こうから、上尾さんが声をかけてくる。私はゆらりと立ち上がり、トイレから出た。

「どう？　出すもの出せた？」

「いえ、なにも出てこなくて……。すみません、今日は帰らせてもらってもいいでしょうか……」

上尾さんになんとかそれだけ伝えると、彼女は神妙な顔でうんうんとうなずく。

「もちろんだよ。でも、ひとりじゃ心配だから世良さんに送ってもらおう？」

「いえ、そんな……」

「ちょっと待ってて。呼んでくるから！」

私が引き留める間もなく上尾さんは休憩室に戻っていき、一分も経たないうちに世良さんが私のもとにやってきた。

「世良さん。あの……」

「無理してしゃべるな。タクシーで送るから、来るまで休憩室のソファで横になっていろ」

真剣な声音で諭されて、申し訳なく思いながらもうなずいた。

世良さん、頼もしいな。もしもお父さんがいたらこんな感じだろうか。なんて、世良さんって志門さんと同じくらいの年だろうし、失礼か。

また志門さんのこと考えてる……私のばか。

休憩室のソファにごろんと寝転がると、涙が出た。

泣いたってしょうがないのに……自分の力で乗り越えるしかないのに……職場にまで迷惑をかけて、なにをやっているんだろう。

体調不良と自己嫌悪でしくしくすすり泣いているうちに、世良さんが再び休憩室にやってきた。

「タクシーが来た。神谷、立てるか?」

「……っ、はい……」

慌てて立ち上がり、泣き顔を隠すようにうつむいて、指先で目もとを拭う。

「荷物は上尾がまとめてくれたが、これだけでいいのか?」

「はい、大丈夫です」

いつも使っているリュックと、着てきた私服が入った紙袋を確認した。世良さんからそれを受け取ろうと手を出したけれど、彼は無視して私に背を向ける。

持ってくれるということなのだろう。無言の優しさに感謝しながら彼の後について店を出て、一緒にタクシーに乗った。

しかし、乗り込んですぐ、車内に漂うきつめの芳香剤に鼻腔を刺激され、再び軽い吐き気を覚えた私は行き先も言えないまま、ハンカチで口もとを押さえた。

「家……たしか、大森《おおもり》の方だったよな？」

私がしゃべれないのを察して、世良さんが尋ねてくれる。こくこくうなずくと、彼が運転手に「とりあえず大森方面」と伝えてくれた。

車内の空気に少し慣れて楽になってくると、運転手に改めて自宅の住所を告げ、それから世良さんに謝った。

「すみません……ご迷惑おかけして」

それでも彼のことだから、「別に」とか「気にするな」とか、そんな返事が返ってくるのだろうと、私は勝手に思い込んでいたのだけれど。

「妊娠でもしてるのか？」

ぼそりと彼が放ったセリフの意味がよくわからず、私は怪訝な眼差しを彼に向ける。

「え……?」

「いや、違うならいい。ただ、匂いに敏感になっているようだから……つわり、なのかと」

つわり……?　まさか、そんなはずはない。

だって、思いあたるようなことをした覚えは……志門さんと過ごした一夜のことだけだ。

あのひと晩で妊娠してしまうなんて、あるわけないよね?

自問自答しながら、だんだんと不安になってくる。けれど世良さんには否定しておきたくて、私は自嘲気味に説明する。

「彼氏もいないのに、そんなことあるはずありません。ちょっと、疲れているんだと思います」

「そうか。変なことを聞いてすまない。どちらにしろ、本調子になるまで無理して出勤しなくていいから」

「わかりました。……すみません」

それからはふたりとも口をつぐみ、車内は静かになる。世良さんには否定したものの、私自身が、彼の投げかけた疑惑を拭えずにいた。

体調が悪いせいだとばかり思っていたけれど、たしかに生理は遅れている。

それに、あの夜志門さんが避妊をしていた様子が、どうしても思い出せない。私の知らない間にしてくれていた可能性もあるが、確証はどこにもない。

検査薬を買って確かめる……？　〝妊娠してない〟って証明されれば、体の不調はともかく心の不安は取り除かれるだろうし。

タクシーはやがて自宅に到着し、私はここまでの料金を支払おうと、メーターを見ながらリュックを開けて財布を出そうとしたけれど。

「タクシー代ならいい。さっさと降りろ。体、つらいんだろ？」

「でも……じゃ、今度出勤する時にお返しします」

「いらない。早く元気になって、仕事で返せ」

つっけんどんな口調で言われ、私は仕方なくうなずいて車を降りる。ホント、世良さんや上尾さんのためにも、早く元気にならなきゃ……。

「ありがとうございました。またご連絡します」

ドアが開いたままのタクシーに向かって頭を下げる。

「ああ。無理はしなくていいが、待ってる」

世良さんがそう言い残すと、タクシーのドアは閉まり、自宅の前から走り去った。

家には明かりがついている。母は、平日の昼間は福祉施設で事務をしていて、夕方には帰っているから、夕飯の支度をしている頃だろう。

しかし私は家には入らず、そのまま住宅街を歩きだした。その足が目指すのは、近所のドラッグストアだ。

五分ほどで到着した店内で、周囲の目を気にしながら妊娠検査薬のコーナーを探す。売り場がわかりにくかったけれど、かといって店員さんに尋ねる勇気もなく、なんとか自力で見つけた。いくつか種類がある中から適当なものをひとつ選んでレジへ向かう。

購入した時点で、なんとなく心の平穏は取り戻せた気がしていた。これがあればきっと、妊娠の可能性は否定できる。家に帰ったら検査して、陰性だとわかってホッとしたら少しは食欲も湧くだろうか。

そんな期待を抱いて、再び家の前に戻ってきた。

母に気づかれないよう、物音を立てずにそっと玄関から中に入る。そして、足音を殺して二階に上がると、トイレにこもってガサガサとドラッグストアの袋を開けた。

絨毛性《じゅうもう》ゴナドトロピン……? 箱には見慣れない用語を使って検査薬の仕組みが書かれていたが、とにかくスティックの先に尿をかけ、楕円の判定窓に赤い線が一本だけ現れれば陰性、二本現れたら陽性ということらしい。

耳の奥で、どくどくと鼓動が脈打つ。

……大丈夫。妊娠なんかしてるはずないよ。そう自分に言い聞かせながら、添付の文書に記載された手順の通りに検査した。

水平に持ったスティックを、ジッと見つめる。三分程度で結果が現れると文書にはあったが、一分ほどで結果はあきらかになった。

「嘘……でしょ？」

判定窓に示されたのは、くっきりとした二重線。

私は妊娠している。そういうことらしい。

自分の身に起きたことなのに、他人事のようにそう思った。

「瑠璃、帰ってるの？」

その時、階下から母の声がしてハッと我に返る。

玄関の靴にでも気づかれてしまったのだろう。

私は今にも心を覆いつくしそうな不安の波をなんとか押しとどめてトイレのドアを開けると、一階の母に聞こえるよう大声を出した。

「うん。ただいま！　ごめんね、お腹が痛くて二階のトイレにいる！」

「あら、大丈夫？」

「たぶん！　落ち着いたら下に行くね」

そうして再びトイレのドアを閉め、手の中の検査薬を改めて見つめる。

二本の赤い線。信じたくない。なにかの間違いではないだろうか。

「……うっ」

高まる不安に耐えきれなくなったかのように、吐き気がせり上がってきた。口もとを押さえるのと同時に、今まで不可解だったこの体調不良が妊娠によるものだと信じざるをえず、目にはじわっと涙が浮かんだ。

どうしよう、私。志門さんの子を、身ごもってしまった——。


私は妊娠の事実を家族にもほかの誰にも打ち明けられないまま、大学とバイトを五日間休んだ。病院に行く勇気も出ない。

その間、何度も志門さんの名刺を見ては、連絡してみようかと考えた。

しかし、ウィーンで出会った頃とは別人のように冷たい彼に『これで子どもを堕ろしてくれ』と大金を渡されるシーンが頭に浮かんできて、結局怖気づいてしまう。

たぶん、舞踏会の日にも、ドレス用にと彼から大金を受け取った記憶があるからだろう。ちなみにあの時のお金は一銭も使わずに、封筒に入れて取ってある。ドレスショップの店主、ソフィーが気を利かせて、学生の私でも払える額におまけしてくれたのだ。

舞踏会で返そうと思っていたのに、結局タイミングを見つけられなくて、お金はいまだに私の手もとにある。

これを返したいからと連絡するだけならできそうな気がするが、実際に約束を取りつけて彼に会うのが怖い。

記憶の中にいる優しい志門さんが、あの夜だけの幻想だったのだという現実を突きつけられたら、私はいよいよ立ち直れない。

だからって、いつまでもひとりで抱えていられる問題じゃないのはわかってる。わかってるけど……。

堂々巡りを繰り返し、一歩も前に進めないまま、私は大学とバイトに復帰した。

座って話を聞いていればいい大学の授業は、マスクをして周囲の匂いを遮断すればなんとか受けられたのでよかったが、問題はバイトだった。

その日は大学で授業がひとつあり、バイトは十五時から四時間の勤務だったけれど、三十分と経たずに私の体調は悪化した。

マスクをしていても、店内に並ぶ様々なお菓子の匂いが鼻腔に入ってきて、気分が悪くなる。その上ずっと立ち仕事なので、時々くらっと目眩に襲われては足を踏ん張る、その繰り返し。

そんな調子できちんとした接客ができるはずもないが、上尾さんはお休みだし、世良さんは十六時まで休憩中。

そうでなくても、復帰した初日でまた早退するなんて責任感のない行動を取りたくはなくて、私は額に脂汗を浮かべながら、無理やり店に立っていた。

しかし、世良さんの休憩が明ける十六時目前。

いったんお客さんの波が落ち着いたタイミングがあり、最後のひとりが店のドアから出ていった瞬間、張りつめていたものがふっと途切れて、私の体はぐらっと傾いた。

あ、まずい。倒れる――。

そう思った時には目の前が真っ暗で、床に体が打ちつけられる強い痛みを感じながら、私は意識を失った。

再会と思いがけない贈り物――side志門

『副社長、お電話です。ウィーンのお祖母《ばあ》様から』

「……あれほど会社にかけるなと言っているのに。わかった」

秘書室からの内線にそう答えると、電話が外線に切り替わる。そしてすぐさま、祖母の甲高い声が聞こえてきた。

『シモン！　あれからどうなったの？　連絡がないから心配するじゃない！　顔合わせは？　ユイノウは？　式の日取りは？』

ものすごい剣幕でまくし立てられ、うんざりしながら適当に答える。

「そんなにすぐ決まるはずがないだろう。彼女は学生だ。きちんと報告できる段階になったら連絡するから、お祖母様は待っていてくれ」

『もう！　あなたのために舞踏会を計画したのは私なのよ⁉』

「もちろん感謝しているよ。じゃ、これから出かける用事があるから切るよ」

祖母が納得できないような声でまだなにか言っているのが聞こえていたが、俺はかまわず受話器を置いた。それから頭を抱えてデスクに肘を突き、深いため息をつく。

「報告するようなことなどないのに……。俺は振られたんだよ、お祖母様」

自嘲気味につぶやくと、立ち上がって窓辺に近づいた。眼下に広がる東京のビル群が、〝早く現実に戻れ〟と俺に語りかけてくる。

わかっている。ウィーンから帰国してひと月が経っても彼女から連絡がないということは、彼女は俺に興味がないのだと。

彼女は華やかな大学生活に戻り、アルバイトにいそしみ、同世代の男と恋をして、ますます美しく輝いていくのだ。

いくら頭で理解しようとしても、時間が経つにつれ切ない想いは膨らんだ。俺はあの短い間で、十歳も年下の瑠璃に、すっかり心奪われてしまっていたのだ。

彼女に会いたいがために、洋菓子店の前を通りかかると、中を覗いて店員の姿をつい確認してしまう。

誰も東京の店だとは言っていないのに……。まるで片思い中の高校生のようだ。

どうして連絡先を交換しておかなかったのかと、何度悔やんだことだろう。

しかしあの夜は、恋愛の順序など考えていられないくらい、彼女が欲しかった。その衝動のまま、彼女を抱いたことにも後悔はない。

そもそも、彼女が勇敢に置き引きの犯人を追いかけた初対面の瞬間から、俺の胸には予感めいた感情の揺れがあった。根拠はないが直感で、彼女が自分の人生において大切な存在になる気がしたのだ。

仕事上でもおおいに自分を助けてきたその直感力を信じ、俺は瑠璃をウィーン観光に誘った。その間、彼女の優しさやかわいらしさ、けなげで控えめな性格に触れ、やはり彼女を逃してはならないと強く思った。

〝結婚するなら彼女しかいない〟

一緒に過ごした時間は短くても、俺はそう確信した。

しかし、そこまで強い気持ちを抱いていたのは俺だけだった……。

女性に失恋してここまで強い喪失感を覚えるのは、三十二年間生きてきて初めてだ。この傷が癒えるのには、まだ時間がかかるのだろう。

俺の結婚相手を世話したくてあのように豪華な仮面舞踏会を開いてくれた祖父母には悪いが、俺が結婚したいと思うのは、後にも先にも瑠璃だけ。

くしくも、あの舞踏会のせいで俺は一生独身を貫くことが決まったわけだ。

センチメンタルな思いに浸っているうちに、国土交通省の職員との会談の時間になり、俺は秘書を連れて社を出た。

秘書課の人員は大半が女性だが、俺の専属は切れ者の男性秘書・押尾《おしお》。

押尾は時に副社長の俺に平気で盾突いてくる無礼な男ではあるが、俺が難しい経営判断を迫られ慎重になりすぎる際など、的確な意見で背中を押してくれたりするので、秘書であり参謀役でもある貴重な存在である。

ちなみに、四六時中一緒に行動する彼にはプライベートの話を聞かせることもしばしばだ。

「また祖母から電話があったよ。舞踏会に出てやったのだからあとは黙って見守ってくれればいいものを、結納だ顔合わせだと、気が早いにもほどがある」

国交省に向かう社用車の後部座席でタブレットを操作しながら、隣にいる押尾につい愚痴をこぼす。押尾はちらりと俺を一瞥し、苦笑した。

「舞踏会の翌日、副社長が『運命の相手に出会った！』と息巻いていたからじゃないですか？」

「……俺はそんなに舞い上がっていたか？」

「ええ。僕にもさんざん聞かせたじゃないですか。その大学生の瑠璃さんって方が、いかに思いやりのある女性で、かつ天使のようにかわいくて、今すぐにでも結婚したいほどだと。僕としては驚いたんですから。紳士的で博愛主義者の副社長が、ひとりの女性にそこまで熱を上げるなんて」

押尾はそう言うが、俺は別に博愛主義なわけではない。

昔から女性には優しくするものだと教育されてきたから、自然と紳士的な動作が身についただけで、すべての女性に愛を持って優しく接しているわけではないのだ。

本当の意味で優しく甘やかしたいのは、愛しい女性だけ。……そう考えただけで、タブレット画面を見つめる視界がぼやけ、そこに瑠璃の姿が浮かぶ。

……どうやら恋わずらいは重症だ。開き直って、今しばらくは彼女の面影に悩まされよう。

行き場のない恋情を吐き出すようにため息を漏らすと、押尾があきれ気味に言った。

「まったく、今頃どこにいるんでしょうね。ウチの副社長をここまで悩ませる瑠璃さんって方は」

それは俺が一番知りたいよ。押尾の言葉に、胸の内だけでそう返した。

霞《かすみ》が関《せき》の庁舎で俺を迎えたのは、省内で地震や台風などの災害対策を担当する部署に所属している春名友里恵《はるなゆりえ》。長い髪をきつめのポニーテールにし、体にぴったりフィットしたパンツスーツを身につけた姿は、スタイリッシュで知的な印象を与えている。

実は友里恵とは同い年で、若い頃ウィーンの建築事務所でともに建築を学んだ旧知の仲でもある。友里恵は建築士として数年働いた後、中途採用で国家公務員になったという異色の経歴の持ち主なのだ。

そんな彼女とともに推し進めているのが、災害対策のためのインフラ整備。

耐震性の高い設備・施設の建築、また巨大な台風にも耐えうる河川の堤防の建設などを京極建設が中心となって任されていて、今現在も日本各地で、京極建設独自の工法やノウハウを駆使し、社員たちは人々の安全な生活を守ろうと努力している。

その進行状況の報告、そして今後の計画や予算について意見のすり合わせを終えた後、友里恵が軽い雑談を振ってきた。

「ねえ志門。私、一カ月前にウィーンに行ったのよ」

「へえ、それは奇遇だな。俺もちょうどひと月ほど前に行ってきた。祖父母のわずらわしいお節介に付き合うためにね」

ため息交じりにそう話すと、テーブルの上で書類をまとめていた友里恵の手が止まった。

「わずらわしいお節介？」

「ああ。俺の結婚相手を探すために、ホーフブルクで仮面舞踏会を開催したんだ。舞踏会シーズンはまだ先なのに、祖母が大統領に頼み込んで個人的にホールを借りたらしい」

祖母は少々、いや、かなりワガママな女性である。

あのハプスブルク家の血を引く数少ない子孫であり、祖父と結婚するまでお姫様のような生活を送っていたことを考えると仕方がない部分もあるのだろう。

しかし孫の結婚相手を探すのに、かつて王宮だった施設を借りて舞踏会を開こうという思考は、さすがに浮世離れしすぎている。

祖父は祖父で、祖母のそんな奔放なところに惚れ込んでいるので、常に彼女の味方であるのも困ったものだ。

「……それで見つかったの？　めぼしい相手は」

友里恵に顔を覗かれ、俺は苦笑する。

「見つかったといえば見つかったけどね。……しかしその夜以来、彼女には会えていないんだ。振られたってことなんだろうけど、ひと月経っても俺は女々しく彼女のことを引きずっているよ」

なんとも情けない話なので、俺はそこで話をやめて立ち上がり、京極建設副社長の顔に戻って友里恵に頭を下げる。

「では。私はこれで失礼します。またなにかあればご連絡を」

「ええ、ではまた……。ねえ、ちょっと待って」

彼女は挨拶の途中で急に俺を呼び止めた。そしてつかつか歩み寄ってくると、しおらしい態度で尋ねてくる。

「結婚相手……。私では、ダメ？」

こびたような上目遣いをされるが、友里恵のことをそういう対象として考えたことは一度もなかったため、突然なにを言いだすのかと面食らった。

「どうしたんだいきなり。年齢や周囲からの心ないプレッシャーに焦らされているのなら、気にしない方がいい。結婚は、心から想う相手とするべきだ」

「だから、私にとってはそれが志門——」

「俺は、ウィーンで出会った彼女以外とは結婚なんて考えられない。そういう唯一無二の存在が、友里恵にもきっといるさ」

諭すように言い聞かせると、友里恵は口をつぐんでうつむいた。

「じゃ、また」

彼女とは同い年だが、女性には妊娠・出産に対するタイムリミットもあるし、男よりはるかに複雑な思いがあるのだろう。結婚してくれという相談以外なら、友人として喜んで話を聞くんだがな……。

俺は友里恵の幸せを祈りつつ扉を出ると、部屋の外で待機していた押尾を伴って庁舎を後にした。

再び乗り込んだ社用車の中で、俺はこれからのスケジュールを押尾に確認する。

「今日はこの後社に戻るだけだったな。時間に余裕がありそうだから、田園調布《でんえんちょうふ》のマンション計画の現場を見ておこうか」

「かしこまりました。責任者に伝えます」

さっそくスマホで電話をかける押尾の隣で、俺はタブレットを操作し、その計画の資料をざっと眺める。

田園調布ではタワーマンションのような高さのある建物を造るのは禁じられている。それゆえに美しい街並みが守られているのだが、その景観にうまく調和し、設備面でも充実した低層マンションを数棟、高所得者層向けに建設中なのだ。

「副社長、承諾が取れました」

「ああ、ありがとう」

押尾に返事をしながらタブレットを見つめていると、次第に目がかすんできたので、俺はいったん画面から視線を離し片手で目もとを押さえた。このところ、瑠璃のことを考えてばかりであまりよく眠れていないせいだろう。

信号で車が止まった際、目を休めるためになにげなく車窓から街並みを眺めると、通りに沿って洋菓子店が何軒か並んでいた。そのうちの一軒の看板に『中欧菓子専門店』の文字を見つけ、条件反射のように胸が締めつけられた。

いくらなんでも、そこで瑠璃が働いているなんて偶然はさすがにないだろう。しかし、彼女との思い出のケーキ、ザッハートルテが無性に食べたくなった。

本来甘いものを進んで食べる俺ではないが、あの濃厚なチョコレートケーキを口にすれば、彼女と過ごした幸せの時間を追体験できるのではないか。そう思うと、居ても立ってもいられなくなった。

「寄りたい店がある。一度このあたりで降ろしてくれないか？」

信号待ちが終わり、車は動きだしたところだったが、俺は運転手にそう頼み、ひとりで車を降りた。

なにげなく腕時計を確認すると、十六時を少し過ぎた頃だった。この店にザッハートルテはあるだろうか。あったとしても売り切れてはいないかと心配しながら、エリーザという名の店の前に立つ。

すぐに入り口から中に入ろうとしたが、その時けたたましい救急車のサイレンの音が近づいてきた。何事かと思った俺は、道路の方を振り返る。

すると間もなく救急車が視界に現れ、しかもちょうどエリーザの前に停車したい様子で、ウチの運転手が慌てて社用車を移動させていた。

まさか、この店に急病人が？　俺が呆然としている間に救急隊員が数人エリーザの中に入っていった。

これではケーキを買うどころじゃなさそうだな。残念だが、思い出のザッハートルテの味はまた次の機会にするか……。

少々落胆しつつ、早くもやじ馬で人だかりができ始めた店の前から去ることにする。そして社用車はどこに移動したのかと、歩道の端に立ってしばらく路上を見渡していた時だった。

「神谷、気をしっかり持て」

野太い男の声が背後でそう言うのが聞こえ、〝神谷〟という名に反応した俺はつい振り返った。瑠璃の姓と同じだという、ただそれだけなのに、耳にしただけで胸の奥がちくりと痛む。

ここが彼女の職場だなんて、そんな偶然あるはずがないよな？

そう思いつつ、ちょうど店から出てきたストレッチャーに乗せられている人物に目を凝らす。

武骨なコックシャツ姿の男に付き添われてぼんやり宙を見る若い女性……あれは、まさか。

「——瑠璃！」

そうと気づいた時には、俺は彼女のもとに駆け寄っていた。そばにいた男を押しのけて、ストレッチャーにすがりつく。

「ようやく会えた。しかしどうしてこんなことに？」

「え……志門、さん……？」

青白い顔をした瑠璃が俺の姿を目に映し、ゆっくり瞬《まばた》きを繰り返す。よく見ると、顔色が悪いだけでなくかなり痩せてしまっている。

今の彼女にいろいろ質問するのは酷だと思い、ただあふれる愛しさのままにジッと彼女を見つめていると、背後にいた男が唸《うな》るように言った。

「誰だ？　アンタは」

俺は振り返り、おそらく瑠璃の同僚なのであろうその男にハッキリ告げた。

「彼女の婚約者です。京極志門と申します」

「こっ……婚約者だと？」

「ええ。なので、救急車には私が同乗を」

近くにいた救急隊員に向けてそう言うと、救急隊員は「お願いします」とうなずき、瑠璃のストレッチャーが車内に運び込まれる。俺はその後に続いて、救急車に乗り込んだ。

病院に搬送されるまでの間に、救急隊員から車内で一連の経緯を説明された。

瑠璃はアルバイトの最中に貧血を起こして失神し、意識はすぐに取り戻したものの歩けないほどに衰弱していて、また倒れた際に全身を強く打っていることもあり、救急車を呼ぶに至ったそうだ。

ひと月前はあんなに元気そうだったのに、どうして……。

俺はすぐそばに横たわったままの瑠璃の手をぎゅっと握り、薄くまぶたを開けてぼうっと宙を眺める彼女を切なく見つめる。

「志門さん……」

その時、微《かす》かな声で瑠璃に呼びかけられ、ゆっくりこちらを向いた彼女の瞳と目が合った。

「ん？　どうした？」

「また……見つけてくれたんですね。私のこと……」

力なくも、ふわっと頬を緩めたその笑顔に、胸が痛いほど締めつけられた。

今まで、彼女がどうして連絡をくれなかったのかはわからない。しかし、俺ばかりが彼女に恋焦がれていたわけではなく、彼女も同じくらい俺を想ってくれていたのだということだけは、ひしひしと伝わった。

「ああ。言っただろう？　どこにいたってきみを見つけると」

まっすぐに彼女を見つめて告げると、瑠璃は瞳に涙を浮かべてゆっくり一度うなずいた。

病院に着いて瑠璃が様々な検査を受けている間、俺は待ちぼうけを食らっている押尾に連絡して状況を説明し、仕事の調整をしてもらった。

幸い、田園調布の現場の視察は急ぎの仕事ではなかったし、帰社してからも重要な会議などはなかったため、押尾は冷静に対応した。

しかし、偶然瑠璃と再会したという事実の方には少なからず衝撃を受けたようで、『運命って本当にあるんですね……』と、電話口で感動していた。

検査が終わると、瑠璃は処置室で点滴の処置をされた。彼女は全身を打っていたものの幸い脳や骨に異常はなく、腕や足に軽い打撲を負っている程度だそうだ。

しかしそれ以上に深刻なのが、彼女の栄養不足だと説明された。担当らしい初老の女性医師がにこにこと俺にアドバイスする。

「旦那さんもお忙しいとは思うけど、できるだけ奥さんをケアしてあげてくださいね。今の時期、精神的に不安定になりやすいから」

「はい。わかりました。ありがとうございます」

今の時期……というのがなにを指しているのかよくわからなかったが、婚約者と説明してあるのでマリッジブルーのことだろうと解釈し、俺はベッドの傍らで椅子に座ったまま神妙に頭を下げた。

医師は続けて、瑠璃に向かってアドバイスする。

「神谷さん、どうしてもなにも食べられなくてまたつらくなったら、点滴受けにきて。私、住谷《すみたに》って言うんだけど、ここの産婦人科にいますから。ご自宅が近いなら、健診や出産もウチで考えてくれたらうれしいわ。じゃ、少ししたら看護師が点滴の様子を見にきますからね」

軽くお辞儀をして、住谷医師が部屋を出ていく。俺はその姿が見えなくなっても、彼女の発言に衝撃を受け、ドアの方を見つめたまま固まっていた。

産婦人科？　出産？　ということは、瑠璃の体は今――。

「志門さん」

長い沈黙の後、ベッドの上で瑠璃が俺を呼んだ。振り向くと、点滴のおかげか幾分顔色のよくなった彼女が俺を見て苦笑した。おそらく顔に動揺がありありと浮かんでいたのだろう。

「驚きます……よね。ごめんなさい。自分でもまだ、いろいろ整理がついていないいんですけど」

彼女はそう前置きをしてから、点滴のつながれてない方の腕を布団の上に出し、自分のお腹をさすりながら言った。

「赤ちゃんがいるんです、ここに。あなたの子です」

瞬間、心の奥底から湧き上がる強い感動で全身が震えた。

瑠璃の中に、俺の子が？　再会できただけでもこの上ない喜びだったのに、さらに子どもまで授かっていたなんて、これはなんという巡り合わせだろう。

うまく説明できないほどの大きな喜びの渦にのまれて沈黙したままでいると、瑠璃は遠慮がちに続ける。

「いきなりそんなことを知らされても、困ってしまいますよね？　でも、私はたとえひとりでも、産んで育てたいって思っているんです。検査薬で妊娠がわかった時は、正直不安しかなかったんですけど……さっき初めてエコー検査をしてもらって、赤ちゃんがここにいるって目で見て実感したら……この子をなかったことになんて、絶対にできない。そう思って」

涙を滲《にじ》ませながら語る瑠璃を見て、俺は彼女がひとりでどれだけ悩んでいたのかを知る。

妊娠が判明した時、彼女の不安や心細さは計り知れないほどだっただろう。俺に連絡しようかしまいか、さんざん葛藤したに違いない。

しかし、彼女が連絡せずとも、俺たちはこうして、目に見えない力に導かれたように再会した。これを運命と呼ばずになんと呼ぶ？　今度こそ、彼女を手放してはいけない。

「結婚しよう、瑠璃」

俺は布団の上の小さな手をぎゅっと握って、ハッキリ告げた。瑠璃の瞳が大きく見開かれる。

「志門さん……今、なんて？」

「結婚しようと言ったんだ。二度と離れないように」

突然のプロポーズに瑠璃は戸惑いを隠せない様子で、恐る恐る俺に尋ねる。

「でも、志門さんは京極建設の副社長なんですよね？　私はお嬢様でもなんでもないし、結婚相手としてふさわしくないんじゃありませんか？　私が妊娠しているという事実も、ご迷惑なのでは……」

「愛するきみとの間にできた子を、どうして迷惑に思う？　俺はきみと夫婦になって、一緒に子どもを育てたい。瑠璃、返事を聞かせてくれ」

優しく促すと、感極まったように潤んだ瑠璃の瞳と目が合う。なみなみと瞳にたまった涙はやがてそこにとどまっていられなくなり、ぽろんと彼女の頬を伝って流れ落ちた。

真っ赤な目をした泣き顔の瑠璃が、震える声で答える。

「私、なんかでよければ……」

「ありがとう。……瑠璃、目を閉じて？」

彼女の唇に愛を誓うキスを落とそうとして、徐々に顔を近づけていたその時。

廊下から大きな足音が聞こえてきたと思ったら、処置室の扉が勢いよく開いた。

パッと振り向くと、ひとりの若い男性が悲痛な面持ちで瑠璃を見つめている。

「瑠璃……！　大丈夫か⁉」

「お兄ちゃん……！」

そうか、瑠璃はお兄さんがいると言っていたな……。病院から連絡を受けて駆けつけたのだろう。挨拶するために椅子から立ち上がる俺に、彼女の兄は怪訝な眼差しを向ける。

「……どちら様ですか？」

「はじめまして。京極志門と申します。瑠璃さんと、結婚を前提にお付き合いしています」

「そうでしたか、どうもご丁寧に。瑠璃の兄の神谷浩介です……って。けっ、けけ結婚⁉」

浩介さんは俺に頭を下げかけたが、突然のことに驚いて顔を上げ、目をむいて俺を凝視した。

まぁ当然の反応だろう。結婚を申し込んだのはつい先刻のことだ。そうでなくても瑠璃はまだ若い学生で、家族にとって彼女の結婚は、もっと先の未来に思い描いていたものに違いない。

「驚かせてしまってすみません。しかし、今瑠璃は僕の子を妊——」

「ちょ、ちょっと待ってください志門さん！」

瑠璃が俺を遮るように、ベッドの上で大きな声をあげた。

何事かと彼女を見ると、ちょいちょい、と俺を手招きするので顔を近づける。すると瑠璃は声を潜めながら言った。

「お兄ちゃん、この場で妊娠のこと知ったら倒れちゃうと思います。後で私の方から話しますので、今は黙っててていただけますか？」

「そうか……わかった」

俺としては、正式な順序を飛び越えて彼女を妊娠させてしまったことを早いうちにきちんと謝罪しておきたかったのだが、そのせいで倒れられても申し訳ない。

それに、お兄さんの性格は瑠璃の方がよく知っている。ここは任せた方が得策のようだ。

「なにをコソコソ話しているんだ瑠璃！　お兄ちゃんに言えないことでもあるのか！」

苛立ちを滲ませてそう言った浩介さんを見て思う。彼はきっと、瑠璃がかわいくて仕方がないのだろう。

仲のいい兄妹なんだなと微笑ましく思っていると、瑠璃が兄をたしなめる。

「別にないよそんなの。それより、心配かけてごめんね」

「いや、そんなの気にするな。それで？　体の方はどうなんだ？　バイト中に倒れたと聞いたが……」

ベッドの方に歩み寄ってきた浩介さんが、さっきまで俺が腰かけていた椅子に座り、気遣わしげに瑠璃を見つめる。

「うん。最近食欲がなかったから栄養状態がよくなかったみたいで……。でも、点滴でだいぶ楽になったよ。今日はこれが終わったらもう帰れるの」

「そうか。よかった……。じゃあ、母さんに連絡してくるな。俺が先に行って様子見てくるって言ってあるから、今頃心配してると思う」

「うん。ありがとう」

浩介さんは妹に優しい眼差しを向け、椅子から立ち上がる。しかし、そばに立っていた俺を見るなり彼の表情は殺気立ったものに変わった。

「最近瑠璃に元気がなかったのは、あなたのせいでしょう。結婚なんか、俺は認めませんからね」

低い声で言い残し、彼は部屋を出ていく。その姿を見送ると、瑠璃が申し訳なさそうに眉尻を下げた。

「すみません、兄が失礼なことを言って」

「いや、怒るのも当然だ。どこの馬の骨ともわからない男が、かわいい妹を奪おうとしているんだから」

「帰ったら、妊娠のことも志門さんのことも、ちゃんと家族に話します。お兄ちゃんはますます怒るかもしれないけど……」

瑠璃が困ったように苦笑する。俺は再び椅子に腰を下ろし、彼女を見つめながら言い聞かせた。

「もしそうなったら、わかってもらえるまで根気よくお兄さんを説得すればいい」

「志門さん……ありがとう」

俺は微笑み、優しく彼女の髪をなでた。

愛しい相手にこうして直接触れられるというのは、なんて幸せなことなんだろう。

俺は穏やかにそう思いながら、瑠璃と再会するまでずっと渇いていた心が潤いを取り戻していくのを感じていた。

二度目のデートは甘く優しく

兄とともに病院からタクシーで自宅に帰り、母が用意してくれていた夕食を囲みながら、改めて母と兄に話をした。

自分が妊娠していること、そしてお腹の子の父親である京極志門さんという男性と結婚したいのだということを。

母は驚きつつも祝福してくれたが、兄は顔面蒼白で絶句。ダイニングテーブルの席から立ちフラフラとキッチンに移動すると、シンクに手をついてがっくりうなだれてしまった。

「ちょっと浩介。ショックなのはわかるけど、瑠璃の顔を見てみなさいよ。このところずっと元気がなかったのに、今はこんなに目をキラキラさせてる。その京極さんって人のこと、本当に愛してるのよ」

兄を説得しようとしてくれる母の優しさに、胸がほわっと温かくなった。

目がキラキラしているかどうかは知らないけれど、塞ぎがちだった心が嘘のように軽くなっているのは、本当だった。

つわりの症状も心なしか治まっていて、今までの体調不良は心の不調も深く関係していたのだと悟る。

「前もって〝彼氏だ〟と紹介されていればまだわかるが、いきなり現れたかと思えば妹を妊娠させたなんて言われて、許せるはずがないだろう」

「まったくもう、頭が固いんだから。……瑠璃、浩介のことは放っといてお風呂に入っちゃいなさい」

「うん……」

母に促されて立ち上がった私は、キッチンにいる兄に近づいて声をかける。

「お兄ちゃん、ごめんね」

「別に瑠璃に謝ってほしいわけじゃない。あの京極って男が気に食わないだけだ。童話から飛び出してきた異国の王子みたいな顔しやがって……『はじめまして』と微笑まれた時、男なのに胸がキュンとしたっつーの」

忌々しげにつぶやく兄だけど、志門さんがカッコいい人だというのは認めざるをえないらしい。思わずクスッと笑ってしまった私をじろりと睨《にら》み、兄は続ける。

「京極建設の御曹司であそこまで容姿が整っているんだから、絶対女にモテる。お腹の子に、腹違いの兄弟がいたらどうするんだよ？」

「ちょっと、そんな言い方ひどい……！」

志門さんは、そんなことをする人ではない。そう反論したいけれど、彼の人間性を語るには、まだまだ私と志門さんの歴史は浅い。兄を説き伏せられそうな言葉は浮かばず、私はただ唇を噛む。

「とにかく、俺は認めないからな。アイツと結婚するっていうなら、兄妹の縁を切る」

「お兄ちゃん……！」

兄は私の呼びかけを振りきるようにして、どすどすと廊下へ出ていった。

キッチンで肩を落とす私に、母がダイニングからそっと声をかける。

「瑠璃、大丈夫よ。浩介、突然で心の整理がつかないだけだと思うわ。瑠璃は、赤ちゃんのことを一番に考えてあげて？」

「お母さん……」

そうだよね。突然すぎる話だもの……すぐに受け入れろという方が無理な話かもしれない。お兄ちゃんは優しい人だから、きっと最後にはわかってくれる。

私はこくんとうなずいて、とりあえずお風呂に入ろうと、着替えを取りに二階の自室へ向かった。

着替えを持って部屋を出る直前、ベッドに置きっぱなしになっていたスマホをなにげなく手に取ると、志門さんからメッセージが届いていた。病院を出る前に、連絡先を交換していたのだ。

【体調はどう？　今日は疲れているだろうからゆっくり眠ってほしい。俺は瑠璃と再会できた興奮で、なかなか寝つけそうにないが】

志門さんらしい、甘く優しいメッセージに思わずにやけてしまう。

このひと月、志門さんは待てど暮らせど私からの連絡がないことに焦れていて、メモと名刺だけを残してホテルを去った自分の行動を『あんなキザったらしいやり方をするんじゃなかった』と後悔していたらしい。

病院でそれを語った時の彼は年上なのにかわいらしくて、そういえばウィーンでも、志門さんが時折見せるこうした隙に惹かれていたんだと思い出した。

【体調はだいぶ回復しました。夕飯も久しぶりにまともに食べられて、顔色がよくなった気がします】

そう返信すると、すぐに既読がついてまたメッセージがくる。

【よかった。もっと元気になったら食事でもしよう。これからのこと、ゆっくりふたりで話し合いたい】

【わかりました。がんばって早く元気になりますね】

そう文字を打ち込んでいる自分は、すでにほとんど元気になっている。おそらく私の中で志門さんの存在はそれほど大きなもので、彼を失ったら、自分の一部を失うのと同じくらい、体も心もダメージを負うのだ。

もう、二度と離れたくない……。私はメッセージを送信すると、スマホを部屋に置いてお風呂場へ向かった。

バイトへは、倒れた翌週の日曜日に復帰した。つわりの症状が完全になくなったわけではないけれど、食事はきちんと取れるようになったので、前のようにフラつくことはもうない。

なにより自分の心持ちが以前とはまったく違うので、これなら接客も問題なくできるだろうと判断した。

出勤してすぐ、同じ時間のシフトだった上尾さんに事情を明かした。小さな更衣室で並んで制服に着替えている途中で話を切り出すと、上尾さんはワイシャツのボタンを留めるのも忘れて驚愕した。

「えっ！　結婚する⁉　しかも妊娠もしてる⁉」

「はい……。すみません、急なことで」

この頃の私は体調不良でシフトに穴をあけてばかりなのに、さらに上尾さんや世良さんに気を使わせてしまう状況になってしまい、申し訳なさすぎて深々と頭を下げる。

「いや、謝る必要はないよ。突然すぎてびっくりだけど、おめでとう。世良さんにはもう話したの？」

「実はまだで……。今日、タイミングを見てお話しするつもりではあるんですが」

開店前のこの時間、彼はケーキの仕上げ作業に余念がないので邪魔はできない。だから、休憩の時か閉店後にでも話せたらと思っている。

「ショック受けるだろうなぁ。結局、彼は自分の師匠と同じ道をたどったわけか……」

「師匠と同じ道？」

「なんというのか、職人ってこう、不器用なわけよ。ケーキ作るのはうまいくせにさ」

上尾さんはため息交じりに話しながら、ようやくボタンを留め始める。

話が抽象的すぎてよくわからなかったが、世良さんがいろいろと不器用だと言いたいのだろう。それには私も同意する。

「ところで、旦那様になるのはどんな人？　写真とかないの？」

「あ、すみません。写真はなくて……見た目は少し日本人離れしてます。お祖母様がオーストリアの方なので、髪とか瞳の色が薄くて、身長も高めで」

「うわっ、なにそれ超イケメンそう～！　ますます見たい～」

もだえるように言った上尾さんに、私は照れながら話す。

「男の兄ですら、初めて会った時『胸がキュンとした』と言っていたので、イケメンには違いないと思います」

「あらま～のろけちゃって。この幸せ者！」

先に着替え終えた上尾さんはにやにやと私を肘でつつき、それから更衣室を出ていく直前ぼそっとつぶやいた。

「こりゃますます世良さんが不憫だわ」

世良さんが不憫？　どういう意味だろう……？

頭の中に疑問符を浮かべつつ、私も早く仕事に入ろうと、急いで身支度を整えた。

その日は日曜日ということもあり、昼間はひっきりなしにお客さんが訪れた。世良さんの自信作でハロウィン用商品の『カボチャのトプフェントルテ』の売れ行きも上々。

なので、世良さんの休憩中にちょっと持ち場を離れるということはできず、結局閉店の後で彼と話をすることにした。

店内を掃除した後、更衣室へ向かった上尾さんと別れ、私が覗いたのは店の厨房。世良さんは毎日のように、閉店後のそこでケーキの開発や試作を繰り返しているのだ。

「あの、世良さん。少しお時間いいですか？」

彼はなにかの生地を丸めてラップに包み、冷蔵庫にしまったところだった。私の声に気づいて「ああ」と返事をすると、シンクで手を洗い、そばにあった丸椅子を私に勧めた。

「大丈夫ですよ、そんなに長くならないので」

「いいから座れ。立ち話は母体によくない」

「えっ？　母体って……」

妊娠のことはまだ話していないのに、まるで知っているみたい……。

呆然としていると再度顎で椅子の方を示されたので、私は遠慮がちに腰を下ろした。

世良さんは作業台に寄りかかり、腕組みをしながら話しだす。

「前にタクシーの中で聞いたろ、妊娠じゃないかって。神谷は否定したが、その後も相変わらず調子が悪そうだったから、やっぱりそうなんじゃないかと疑っていた。……その話をしにきたんだろ？」

検査をするまで信じたくなかった私とは違って、世良さんは冷静に私の様子を見て、妊娠の疑惑を深めていたんだ。にもかかわらず、なにも聞かないでいてくれた気遣いが世良さんらしい。

「すみません。お察しの通り、私、妊娠しています。なので、少しシフトを減らしたいと思っているのですが……。今までのように働けないなら、かえってご迷惑をおかけしますか？　むしろ辞めた方がいいでしょうか？」

バイトをし始めた頃、世良さんは三人体制が効率的だと言っていた。だけど、私が思うようにシフトに入れなくなって人を増やすことになったら、その体制が崩れてしまう。

私を切って、ほかの学生アルバイトを入れた方が、雇う側も雇われる側も都合がいいのかもしれない。

「別に辞める必要はない。上尾もいるんだ。無理しない範囲で働けばいい。神谷自身が辞めたいのなら話は別だが」

「いいえ、辞めたいなんて全然！」

私はしがないアルバイトだけど、この店の立派な一員だと勝手に思っている。だから、もしも世良さんに〝辞めろ〟と言われたら、仕方がないけど寂しいなと思っていたのだ。

「ならこの店にいろ。お前がいなくなったら困る」

「世良さん……ありがとうございます！」

「ただし条件がある。無理はしないこと。調子が悪くなったらすぐ俺か上尾に言うこと。あとは……」

世良さんはしばらく考え込んだ後で、ゆっくり深呼吸をして私を見た。

「元気な子を産んで、幸せになること」

思いがけず優しい言葉をかけられ、私は目を丸くした。まさか世良さんがそんなことを言ってくれるなんて……。

「はい。絶対に幸せになるって約束します」

無意識に浮かんでしまった涙を指先で拭い、世良さんに満面の笑みを向ける。すると彼もほんの少しだけ目を細め、微笑んでくれた。

初めて見た世良さんの笑顔は少し寂しげで、きっと娘を嫁に出す父親のような気持ちになってくれているのだろうと思うと、また少し涙が滲んだ。

私、いい職場と仲間に巡り合ったな……。そんなほんわかした気分を抱いて帰り支度を済ませ、裏口から店を出る。ちょうどその時、羽織っていたパーカーのポケットの中でスマホが鳴った。

取り出してみると兄からの電話だった。

兄とは妊娠報告をして以来ぎくしゃくしているけれど、電話をくれたということは少し怒りが解けたのだろうか。期待しながらスマホを耳にあてる。

「もしもし、お兄ちゃん？」

『瑠璃、仕事は終わったのか？』

「うん。今お店出たとこ」

『なら迎えにいくから、どこか近くの店でお茶でもして待ってて』

「ホント？ ありがとう。お店決めたら連絡するね」

兄は土日休みなので、用事がなければこうしてたまに私のバイトの送迎をしてくれるのだ。

バイトは家からの距離より大学から近いという理由で選んだため、電車で家に帰るには一度乗り換えしなければならず、ちょっとだけ不便。疲れている時は車の方が断然楽なのでありがたい。

私は近くのコーヒーショップに入り、窓際のカウンター席を確保するとカフェインレスのカプチーノでホッとひと息つく。

妊娠するまではそんなメニューがあることすら知らなかったけれど、試しに注文してみたら普通のカプチーノと比べても遜色ないくらいおいしくて感心した。

つわり中でもコーヒーの香りは嫌じゃないし、疲れが癒やされるなぁ……。

まったりと飲み物を楽しみながら、スマホで今日のニュースなどをぼうっと眺めることおよそ三十分。兄から『着いた』と連絡が入って、私は店を出た。

店のそばの路上で待機していた兄の車に乗り込むと、運転席から「お疲れ」と優しい声がかけられる。

「うん、ただいま」

いつものように返事をしつつも、つい兄の表情をうかがってしまった。しかし怒っている様子も、最近ずっとまとっていた近寄りがたいオーラもない。

もしかしたら志門さんと私の結婚のこと、認めてくれる気になったのかな……？

走りだした車の揺れに黙って身を任せつつそんな期待をしていると、兄が不意に口を開いた。

「今日……ウチにアイツが来たぞ」

「アイツ……？　誰が来たの？」

「京極志門」

「えっ⁉」

なにそれ……！　志門さん、私にはなにも話してくれてないんだけど！

兄は衝撃を受けて固まる私をちらりと一瞥し、すぐに前に向き直って語る。

「どうやって調べたのか知らないけど、平日俺の会社に来てさ。俺と母さんに挨拶をしたいから、時間の取れそうな日があれば教えてくれって頼み込んできた。俺もいろいろアイツには言いたいことあったから、望むところだって感じで、日曜にウチに来いと言ったんだ」

志門さんと兄がそんな会話を交わしていたなんて寝耳に水だ。

兄の勤務先については、私がなにげない会話の中で口に出したことがあったかもしれないけれど、志門さんが実際に訪れるとは夢にも思わなかった。まして、私のいない間に自宅で家族と会っていたなんて。

「そ……それで、どんな話をしたの？」

兄の機嫌が直ったのは、もしかしたら結婚を認めるどころかその逆で、口げんかで志門さんをズタボロにやり込めたとか、思いきり殴ったとか、そんな展開だったのではないかと不安に駆られる。

「瑠璃には内緒にしろと言われてる」

「えっ。ここまで話しておいてそれはナシだよお兄ちゃん！　もしかして、志門さんのことを殴って、あのきれいな顔に傷でもつけたんじゃないの？　もしそうなら私、いくらお兄ちゃんでも許せないからね！」

　ひと息にまくし立てると、兄はハンドルを握ったまま遠い目をしてため息をついた。

「あ～あ、あんなにお兄ちゃんっ子だった瑠璃が、俺を一方的に悪者にするなんてな」

「べ、別に悪者にしてるつもりは」

「別にいいよ、そう思われる態度をとってたのは俺だ。でも、殴ってはないから安心しろ。正直、いきなり〝瑠璃と結婚させてくれ〟って言いだしたら殴るつもりだったんだけど……アイツ、まずは父さんに挨拶させてくれって、仏壇の前に座って手を合わせたんだ。その姿が意外で、いきなり戦意をそがれた」

　志門さん……父に挨拶してくれたんだ。仏壇に向かった彼が目を閉じて手を合わせる凛とした横顔が目に浮かび、胸がじんとする。

「で、父さんへの挨拶が済んだ後は、いかに自分が瑠璃に惚れ込んでいるかを、熱心に俺と母さんに説明しまくった。シスコンの俺でもアホくさくなるくらい、瑠璃の長所、かわいい表情、仕草、声、何個並べ立てるつもりだコイツってくらい熱弁してさ。……こりゃ負けたわって、白旗上げたわけ」

　からかうような口調で言われ、頬が熱くなった。志門さんってば、私の前で見せるような甘さを、母と兄の前でも発揮したの？

恥ずかしいけれど、彼ならやりかねない。その場に居合わせなくてよかった……。

そんなことを考えていると車が赤信号で止まり、兄がぶっきらぼうに言った。

「だから、俺はもう反対しないから。したいならしろよ、結婚」

顔を上げると、兄は〝しょうがないな〟とでも言いたげな苦笑を浮かべて私を見ていた。

「……ありがとう。お兄ちゃんならわかってくれるって思ってた」

「だよなぁ。俺も、かわいい瑠璃に泣きつかれたら最後には自分から折れるしかないってわかってたよ。我ながら、なんて優しい兄なんだ」

「うん。優しいお兄ちゃんを持って幸せです」

「あ〜、そんなかわいいこと言われると、やっぱ手放すの惜しくなってきたなぁ」

おおげさに嘆く兄がおかしくて、クスクス笑う。一時はぎくしゃくしてしまったけれど、お兄ちゃんとこうして普通に会話ができるようになったよかった。後で志門さんに電話して、お礼を言わなきゃ。

帰宅して、夕食とお風呂を済ませた後、私は自分の部屋でドキドキしながら彼に電話をかけた。ベッドに座ってクッションを胸に抱き、耳もとのスマホの呼び出し音が途切れるのを待つ。

志門さんからは『いつでも電話して』と言われているけど、実際に自分からかけるのは初めてなので緊張する。

手にじっとり汗が滲むのを感じていると、五コールほどで彼が電話に出た。

『もしもし、瑠璃？』

よかった、出てくれた……。緊張は少し緩んだものの、志門さんのバリトンボイスが電話越しだといっそう魅惑的に聞こえて、返事にまごつく。

「あっ、あのう……今、お話しできますか？」

『もちろん。ちょうど瑠璃の声が聞きたかったところだ』

呼吸するように甘いセリフを放つ彼に、ますます鼓動が加速する。このまま志門さんのペースに流されたら、本来の用件を忘れてしまいそうだ。そうなる前に、慌てて本題に入る。

「志門さん、今日ウチにいらしたんですね。兄に話を聞いてびっくりしました」

『あれ？　瑠璃には内緒のはずだったんだけどな』

「いろいろ聞きましたよ。……なんだか照れるようなこともたくさん言ってたって」

小声でつぶやくと、志門さんがふっと笑った。

『瑠璃の魅力について説明したことか？　仕方ないだろう、全部本心なんだから』

もう、また恥ずかしげもなくそんなことを言って……。でも、そんな彼だからこそ、兄も認めてくれたのだろう。

「志門さんなら妹を幸せにしてくれるだろうって、兄も安心したみたいです。今は、私たちの結婚も、赤ちゃんが生まれることも祝福してくれています」

『よかった。これで心おきなく結婚に向けて動きだせるな。近いうちに、俺の両親にも会ってほしい』

「もちろんです。私もきちんとご挨拶がしたいです」

『じゃあ、俺が予定を聞いて食事会を計画するよ。でも、その前に瑠璃とふたりきりで会いたいな。俺たち、まだウィーンでしかデートしてないだろ？』

そういえばそうだ。デートどころか、日本に帰ってから彼と会ったのは、私が倒れたあの日だけ。

これから結婚するのだから、もっとお互いを知り合った方がいいというのもあるけれど……それよりただただ、志門さんに会いたい。

「私もしたいです、デート」

照れながらも素直な気持ちを口にすると、志門さんが穏やかな声で言う。

『決まりだな。瑠璃はいつなら都合がいい？』

「バイトの休みは平日ですけど、それだと志門さんがお仕事ですよね……。あ、来週の日曜なら私、十五時上がりです。それから会うのはどうですか？」

『ああ、問題ない。じゃあ十五時過ぎに、車で店に迎えにいくよ』

「楽しみにしてます」

『俺もだ。瑠璃とのデートのために、この一週間仕事をがんばるよ』

通話を終えた後、私はベッドに倒れ込んで幸福の余韻に浸った。

デートの前日は、胸がいっぱいで眠れそうにないな。バイトもあるんだから浮かれてばかりもいられないけど……ああ、なにを着ていこう。

私はクローゼットを開けて、数少ないワードローブの中からデートに着ていけそうなものを物色し始め、少々夜更かししてしまうのだった。


そして迎えた日曜日。予定通り十五時に仕事を終え、胸を高鳴らせながらエリーザの前で志門さんが来るのを待つ。

悩みに悩んで選んだ服装は、秋らしいチェック柄ワンピース。ウエスト部分で結んだリボンがガーリーで、お気に入りのアイテムだ。

その上にショートトレンチを羽織り、足もともヒールは低いけれど、滅多に履かないパンプスできちんと感を出したつもり。

まぁ、いくらがんばっても志門さんの隣に並ぶと子どもっぽく見えちゃうかもしれないけど……。そんなことを考えていると、目の前で一台のセダンが止まった。

色は落ち着いたシルバーで、学生の私でも知っている高級な外国車のエンブレムがついている。もしかして、と思った時にはガチャッと奥のドアが開いて、志門さんが降りてきた。

その一連の動作が私にはスローモーションのように見え、彼の周囲にはキラキラと星が瞬いているのが見えた気がした。

「ごめん、待たせたかな」

「い、いえっ。全然！」

声をかけられて一度は我に返るが、ネイビーのセットアップにシンプルな白のカットソーを合わせ、カジュアルなのに上品なファッションをした彼に見とれ、また無言になってしまう。

志門さんってなにを着てもモデルのようにカッコいいから困る……。

「じゃあ行こうか。乗って?」

「はい。お願いします」

助手席のドアを開けてくれた彼にぺこっと頭を下げ、車に乗り込む。座っただけで心地よさのわかるシートは、さすが高級車という感じだ。

私はシートベルトを締めながら、右側の運転席に座った志門さんに素朴な疑問を投げかける。

「外国の車でも、右ハンドルのものがあるんですね」

「ああ、わりと多いよ。日本で走るのにはやはりこっちの方が使い勝手がいい」

「なるほど、たしかに……」

納得してうなずいていると、ハンドルに片手を預けた志門さんがジッと私を見ていることに気がついてどきりとする。

「あの、なんでしょう?」

「いや。ただ、今日はまた一段とかわいいなと思っただけだ」

そんな甘いセリフとともににこりと微笑まれ、きゅん、と心臓が縮んだ。

志門さんは、本当に褒め言葉を出し惜しみしない。それに、お世辞でも社交辞令でもなく、心の底から私を褒めてくれているのだということも最近わかってきたから、余計に照れる。

私は話題をそらすように、バッグの中に手を入れて、彼と会ったら渡そうと思っていた茶封筒を取り出した。

「あの、志門さん、これ……使わなかったので、お返しします」

「ん？　返すって……？」

差し出された茶封筒を受け取った志門さんが、首をかしげながら中のユーロ紙幣を確認した。

「律儀だな瑠璃は。そして意味を悟ったらしい彼は、優しく微笑んで尋ねる。

「あの夜の衣装は自分のお金で買ったということ？」

「はい。あの時最後に訪れたドレスショップは、学生の私に相応の価格の衣装を選んでくれる、とても親切なお店だったので、必要なかったんです。店主のソフィーが本当にいい方で……。あっ、あの日の昼間、『クンストハウス・ウィーン』のカフェで会った、車椅子の女性です」

「ドレスショップのソフィー……どこかで聞いたことのあるような」

志門さんが視線を落として考え込む。しかし心あたりの人物は思い出せなかったようで、あきらめたように話題を変えた。

「じゃ、これはたしかに受け取っておくよ。瑠璃に親切にしてもらったお礼に、今度ウィーンに行く時にソフィーの店で使うことにしよう」

「そうですね」

お互い目を見合わせて微笑み合うと、志門さんは「じゃあ行こうか」と車を発進させた。

「今日はどこへ行くつもりなんですか？」

「ウィーンでも瑠璃とはいろいろな建築を見たけど、東京にもおもしろい建物の美術館があるから、まずはそこへ。その後はまだ内緒だ」

「内緒？」

「そう。瑠璃を驚かせたいからね」

なんだろう。そんなふうに予告されたら、素敵なサプライズでもあるのかと期待しちゃうな。

……でも、サプライズなら実は私からもある。

「こっちもまだ内緒ですけど、後で志門さんに渡したいものがあります」

「渡したいもの？　さっきのユーロのほかに？」

「はい。私とおそろいのものです」

「おそろいか……どんなものだろう。想像がつかないが、楽しみにしているよ」

〝あれ〟を渡したら、いったい志門さんはどんな反応をするだろう。その時の彼の表情を見るのが、今日は楽しみで仕方がない。

三十分ほど街中をドライブして着いたのは、六本木にある大きな美術館だった。緑あふれる大きな広場の奥に見える波打ったガラス張りの外壁が、午後の日差しを受けてまぶしく輝いている。

「東京にこんな美術館があるなんて知りませんでした」

「ここはちょうど俺が大学生の頃に開館してね。展示もおもしろいが、美術資料も豊富にそろっているから、勉強のためによく訪れたんだ。中にはレストランやカフェもあるし、一日中いても飽きない」

志門さんはそう言って、懐かしそうに目を細める。

「志門さんの思い出の場所なんですね」

「そう。だから瑠璃を連れてきたんだ。瑠璃にはこれから、そういう過去も含めて、俺のことを少しずつ知ってほしいと思ってるから」

「そうですね。私たち、これからたくさんお互いを知り合わないと」

大好きな彼のいろいろな面を知っていくことは、とってもわくわくする作業だと思う。まだ学生だった志門さんが、この美術館で、自分の将来について思いを馳せながら勉強していたんだなと思うだけでも、胸がときめくもの。

さっそく美術館に入った私たちは、世界各地の絵本をテーマにした作品の企画展をゆっくり見て回る。

展示室には壁にそって様々な絵本の数々が並び、手に取って読むことが可能だった。ほかにには絵本作家が描いた美しい原画や、有名な絵本の世界をモチーフにした箱庭も展示されている。

「かわいい！　これ、『ふうせん王国シリーズ』の城下町です……！　すごく忠実に再現されてる……！」

美術館なので声を潜めながらも、興奮を志門さんに伝える。

雲の上には、生き物も建物もなにもかもがカラフルな風船でできた〝ふうせん王国〟がある。人々はふわふわした世界で平和に暮らしているが、風船をつついてしまうカラスだけが天敵だった。そのカラスがものすごく悪人顔に描かれていたのを、幼心に怖いと思ったのを覚えている。

「瑠璃が好きだった絵本？」

「はい。何度も読み返してページが破れてしまうほど好きでした」

「じゃあ、買って帰ろう。今回展示されている絵本は、よほど貴重なものでない限りショップで販売もしているそうだよ」

パンフレットを見ながら、志門さんが教えてくれる。

「もしかして、この子に、ですか？」

自分のお腹に手のひらをあてて尋ねると、志門さんは優しく目を細めてうなずいた。

「ああ。ママが好きな絵本なら、きっと気に入るだろう」

「それなら、パパのお気に入りも買っていきましょう？　今日の展示の中に、なにかありますか？」

「そうだな、俺は……」

志門さんが壁に近づいていき、一冊の絵本を手に取る。タイトルはなんと『シモンのおうち』だった。

「たまたま主人公の男の子がシモンという名だからって、母が買ってきてね。でも、内容もおもしろいんだ。兄弟が多いシモンは自分の部屋が欲しいといつも空想していてね。アリのように地下を掘って部屋をつくろうとか、リスのように木の中に住んでみようとか、海底なら魚を取って暮らせるなぁとか、いろいろ悩むんだけど……やっぱり家族と離れたくないから、家の庭に自力で小さな小屋を建てるんだ。それが秘密基地みたいで憧れてね」

絵本の中のシモンに自分を重ね、秘密基地に憧れた少年時代の志門さんを想像するだけで、なんだかほっこり胸が温まる。

「じゃあ、これも買っていきましょう?」

「ああ。しかし生まれる前からふたつもプレゼントを選んでいるなんて、ちょっと気が早いかな?」

「そんなことないです。きっと喜んでくれます」

そんな幸せすぎる会話を交わしながら、展示室を一周見終わると、ショップで二冊絵本を買ってから、美術館を出た。

いつの間にか太陽が沈み、辺りはすっかり暗くなっていた。


私たちは車を停めていた駐車場に戻り、再び志門さんの運転で街中を移動する。

「次の目的地、まだ教えてくれないんですか?」

「そうだな……食事をしにいく、とだけ言っておくか」

食事ということは、レストランだよね? そんなにもったいぶるような、あっと驚くお店なのだろうか。

想像がつかないながらも期待に胸を膨らませること十数分。到着したのは白金台《しろかねだい》の高級住宅街にたたずむ一軒家で、志門さんは私を車から先に下ろし、四台分の広さがあるガレージに車を止めた。

私たちが乗ってきた車のほかに、真っ赤なスポーツカーと白のクラシックカーが並んでいる。建物の全貌は塀が高くてわからないが、見た感じ三階建てのようだ。

「立派な建物ですね。隠れ家レストランってやつでしょうか?」

車を降りてきた彼に尋ねると、意外な答えが返ってくる。

「レストランじゃない。家だ」

「家……? でも、食事をするって」

ぽかんとして聞き返すと、志門さんはクスッと笑って私の手を握る。

「まずは案内するよ。瑠璃が気に入ってくれないと意味がないからな」

「え……?」

わけがわからないまま彼に手を引かれ、警備会社のシールが貼られた門から中に入る。すると小さな階段があり、その先に玄関ポーチがあった。

志門さんはドアに埋め込まれた小さなボタンを押し、そこにカードキーをかざす。途端にカチャッと解錠音がして、ドアが開いた。

「覚えた? 鍵の開け方」

「はい、まぁ……。でも、どうして――」

「瑠璃も使うことになる玄関だからさ。そろそろ気づかないか？　この家の意味に」

志門さんに顔を覗き込まれて、私はやっとある可能性を思いつく。

私に気に入ってほしい、そしてこの先私が使うことになる家。それはつまり……。

「私と志門さんの家……？」

「ああ。今までは俺がひとりで住んでいたから、不便なところもあるかもしれない。でも、すぐに言ってもらえれば、瑠璃が引っ越してくる前に直しておくよ」

聞けば、志門さんはご両親や祖父母から常に結婚を急かされていて、ウィーンでの舞踏会で結婚相手を探せという命令があったほか、自分の家族を持った時のために、前もって家を建てておけとも、ずいぶん前から言われていたそうだ。

「結婚するより先に家を建てるなんていくらなんでも気が早いと思ったんだが、いざ自分のために設計を始めると楽しくなってしまってね。いろいろこだわって時間もかかったが、今年の春に完成したところだ」

大理石をふんだんに使った明るい玄関ホールを通り、まず見せてもらったのが一階のリビングダイニング。天井は吹き抜けで、昼間は照明がいらないほど日の光が部屋を照らしてくれるそうだ。

大きな窓の向こうには庭に臨むウッドデッキがあり、木製のテーブルがひとつと椅子が二脚置いてある。

キッチンは対面式で、IH《アイエイチ》のコンロやビルトインタイプの食洗器はとても使い勝手がよさそう。壁に備えつけられたキッチンストッカーも大容量だ。志門さんはあまり料理をしないのか、今は食材がほとんど入っていないけれど。

「トイレは各階にあるが、バスルームは三階だよ。ガラス張りで、ルーフバルコニーに張り出すようにつくったから、室内にいながらにして露天風呂のような感覚が味わえる」

お風呂がガラス張り……？　言葉だけ聞くと、まさか外から見えるんじゃないかという恐れを抱いて身構える。

しかし実際に見てみると、バスルームの外に広がるルーフバルコニーは壁をきちんと高くつくってあるため、プライバシーはきちんと守られつつも開放感を味わえる、計算された設計だった。

「こんなお風呂だったら、疲れもすぐに吹き飛びそうですね」

「早く入りたいな、一緒に」

「はい。……えっ？　いや、今の〝はい〟に決して深い意味は……！」

ついうなずいてしまってから、恥ずかしいことを言ってしまったと気づいて慌てる。志門さんはおかしそうにクスクス笑って、背後からふわりと私を抱きしめた。

「瑠璃は嫌なの？」

彼の甘いバリトンボイスが、耳もとで内緒話のようにささやく。

「い、意地悪なこと聞かないでください……」

本心では嫌じゃないって、ハッキリ伝えられるほど私は大人じゃない。けれど、そんな心の内も志門さんはお見通しなのだろう。

彼は余裕たっぷりにふっと息を漏らして笑い、するりと腕をほどいて私を解放する。そして何事もなかったかのように、「じゃあ次は二階」と階段の方へ向かっていく。

からかわれたんだと気づいて、恥ずかしいやら悔しいやら。むくれながら「待ってください！」と彼を呼び止めると、振り返った彼は余裕の笑みで私に手を差し出した。

彼の大人な対応を前にすると小さな怒りはすぐに解け、結局は私もそこに自分の手を重ねてしまうのだった。

二階には、夫婦の寝室と志門さんの書斎があり、各階に使っていない部屋がひとつずつあった。もし出産を終えて三人家族になったとしても、持てあましてしまいそうだ。これまで見たこともないような豪華な家に、圧倒されるしかない。

ひと通り部屋を見終わると、リビングのソファに志門さんと並んで座り、ひと息ついた。

このソファだって、ふたりで座るだけじゃもったいないくらい、私たちの両脇にはスペースがあまっている。広すぎて、慣れるまでに時間がかかりそう。

志門さんなら、長い脚をゆったり組んで、紅茶を片手に英字新聞を読んだりしても似合いそうだけれど……。

「こんな素敵な家に住むことになるなんて、実感湧きません」

正直な心境を吐露すると、志門さんの大きな手が私の頭にポンとのり、優しく髪をなでる。

「実際に住めば違和感もなくなるさ。どこか直してほしいところはあった？」

「いえ、まったく……。どちらかというと、私の方がこの家にふさわしい女性にならないとって思わされたというか」

「瑠璃はそのままでいいんだよ。ただずっと、俺のそばにいてくれれば」

「志門さん……」

彼は優しく私の頭を引き寄せ、触れるだけのキスをした。一度唇を離すと、熱をはらんだ薄茶色の瞳と目が合い、ドキン、と鼓動が跳ねる。

「……やっとキスできた」

彼はそうつぶやき、親指でそっと私の下唇をなぞった。それから手を頬に移動させ、少し余裕のない声で私に問いかける。

「もっとしていい？」

そういうことを聞かないでと、さっきも伝えたはずなのに……。

頬がかぁっと熱くなるのを感じ、ふいっと彼から目をそらす。しかし、志門さんはクッと喉を鳴らして笑ったかと思うと、少し意地悪で、とびきり甘い声を私の耳に吹き込んだ。

「その瑠璃の恥じらう顔、俺の大好物だよ」

ぞく、と全身に痺れるような震えが走った直後、貪るようなキスで唇を塞がれた。

「ふ、ぅ……っ」

角度を変え、何度も繰り返される激しい口づけに、私の口からは海で溺れてしまったかのようなあえぎが漏れる。

しかし、志門さんは私が溺れないギリギリを心得ているかのように、時折息継ぎを許してはまた唇を塞ぐ。それから甘い唾液をまとわせた舌で、私の口内をまさぐった。

苦しいのにやめないでと願いながら、自分からも舌を絡ませる。体が勝手に、ウィーンで彼に抱かれた時の感覚を思い出して、甘く疼《うず》いた。

「このまま抱いてしまいたいけど……そろそろ、時間切れだな」

志門さんが、名残惜しそうにつぶやいた。

「時間、切れ……？」

トロンとした瞳で彼を見つめ、そう尋ねた瞬間だった。ピンポーン、とチャイムの音が鳴り、志門さんが「ディナーが来たよ」と微笑む。

私はキスの余韻でぼうっとしながらも、そういえばお腹がすいていたなと今さらのように気がついた。

インターホンに応答し、その後玄関に向かう志門さんを見ながら、おそらくデリバリーの食事でも頼んだのだろうと私は予想していたのだけれど――。

「とってもおいしいです。家でこんな本格フレンチがいただけるなんて、贅沢ですね」

「お褒めにあずかり恐縮です。京極様にはいつも私どものレストランをご贔屓いただいておりますので、ご要望があれば、特別に出張料理を振る舞わせていただいております」

なんとデリバリーされてきたのは食事ではなく、有名なフレンチレストランのシェフだった。シェフはこの家のキッチンを使って、妊婦の私の健康を気遣った特別なコースを提供してくれた。

料理はどれも、つわり中の私でも無理なく完食することができる程度の量で、見た目の美しさも素晴らしい。

コースの最後には、コーヒーの代わりに、つわり症状を和らげる効果があるのだというハーブティーまで淹れてもらい、大満足のディナータイムを過ごした。

後片づけまできちんと済ませてシェフが帰った後、ダイニングでハーブティーのお代わりをゆっくり飲みつつ、私は改めて志門さんにお礼を言った。

「志門さん、ありがとうございました。本当に素敵なサプライズでした。この家も、お食事も、なにもかもびっくりすることばかりで」

「どういたしまして。気に入ってくれたようで安心したよ」

「そろそろ、私からのサプライズもいいですか？」

「もちろん。なんだろうってずっと考えていたけど、まだわからないんだ」

そう言って苦笑する志門さんに私はにっこり微笑むと、リビングに移動した。ソファに置いていたバッグの中から、一冊の小さな手帳を取り出しダイニングに戻る。

そして、向かい合って座る志門さんに、まるで賞状を渡すようにして、両手でその手帳を差し出した。

優しい水色の表紙に書かれた文字は【子育て応援！　パパ手帳】。パパが子どもを肩車する、かわいらしいタッチのイラストも添えてある。

そう、これは母子手帳の父親バージョンなのだ。

「なるほど、パパ手帳……。母子手帳のほかに、今はこんなものがあるのか」

受け取った志門さんは、さっそく興味深そうにページを開く。

「この間バイトが休みの日に、住谷先生のところで妊婦健診を受けて、その帰りに母子手帳をもらいに役所に行ってきたんです。そうしたら、今は母子手帳だけでなく、父子手帳もあるんですよって勧められたので、もらってきちゃいました」

私が説明する間もいろいろなページをじっくり見つめる志門さん。

小さくかわいらしいデザインの手帳と、それをまるで仕事の書類でも眺めているかのような真剣な眼差しで睨む志門さんの対比が、なんだかちぐはぐで微笑ましい。

「さっそく今日から書こう」

「えっ？」

志門さんがおもむろに腰を上げ、リビングの棚から高級そうなボールペンを出して戻ってくる。そして再び椅子に座ると、彼は【パパと〇〇ちゃんの記録】というページを大きく開き、サラサラとペンを走らせた。

【十月二十日、日曜日。瑠璃から父子手帳をもらう。父親になるのだという実感が、漠然とだが湧いてきた。楽しみでもあるが、責任重大だとも思う。きみが生まれてくるまでに、立派なパパになれるよう、精進していく所存だ】

「これ、子どもに宛てているんですよね？　にしては、難しい言葉を使いすぎじゃないですか？　漠然とか精進とか」

クスクス笑いながら指摘すると、志門さんも自分の文章を読み返してうなずく。

「たしかに……。なんだか緊張してしまって、硬い文章になってしまったな」

「でも、なんだかその緊張までもが伝わってくるから、逆にいい記録かもしれないですね。志門さんの当時の心境がよくわかって」

「ああ。後で見返した時に恥ずかしいかもしれないが、そういうことにしておこう」

ふたりで笑い合っていると、たまらなく幸せな気分で胸がいっぱいになる。

生まれ育った環境や立場は全然違うけれど、このふわふわとしたままあるい空気を共有できる彼となら、きっと明るく楽しい家庭を築けるに違いない。

志門さんの優しい瞳を見つめながら、私は強く確信した。

突然の抱擁と告白

月が変わり十一月になると、志門さんのご両親との会食も実現した。私は緊張でガチガチになってしまったのだが、ご両親は優しく接してくれた。

私がまだ学生であることや、家柄に対しても気になった点はないらしく、結婚も私の妊娠も祝福してくれたのでホッとした。

本当はお祖父《じい》様とお祖母様もウィーンから駆けつけて私に挨拶したかったそうなのだけれど、予定が合わずに来れなかったらしい。ふたりともひどく残念がっていたと、志門さんが後から教えてくれた。

「自分たちのなれそめを瑠璃に話したかったんだろうな。俺なんか、小さな頃から何百回と同じ話を聞かされている」

「なれそめ？」

会食をしたレストランからの帰り道。私を車で実家に送り届けるため、隣でハンドルを握っている志門さんが語り始める。

「ああ。祖父は宮大工なんだが、その伝統技術を海外にも広めるために、渡欧していた時期があってね。大晦日をウィーンで迎えることになったある年に、ちょうどホーフブルクで開催されていた舞踏会に参加したら、祖母と出会ったんだそうだ」

「ホーフブルクでの舞踏会？　私たちと一緒じゃないですか」

激しくデジャブを感じる話に、思わず目を丸くする。

「ああ。祖母はその話で瑠璃と盛り上がりたかったんじゃないかな。祖父は祖父で、当時、同じく祖母に好意を抱いていた現地のパティシエと祖母を取り合った結果、自分が勝ったという武勇伝を瑠璃に聞かせたかったんだと思う。かなり長話になるから、彼らが日本に来た時は覚悟しておいて」

志門さんに釘を刺され、私はクスッと笑ってうなずいた。そんな楽しそうな長話なら、むしろ喜んで聞かせてもらいたい。

「ところで、引っ越しの件はご家族に相談できた？」

「はい。安定期に入ったらということで、母も兄も了承してくれました」

認めたというよりあきらめたという感じの、意気消沈した兄の様子を思い浮かべて苦笑する。

「よかった。業者を手配しておこうか？」

「いえ、私の荷物の量なんてたかが知れているので、必要ないと思います」

「そうか。じゃ、荷物は俺の車に乗せてしまおう」

私たちはふたりで相談して、できるだけ早く一緒に暮らそうと決めていた。赤ちゃんが生まれてくるまでに、まずはふたりの生活に慣れておかないと、絶対に慌ててしまうから。

生活が軌道に乗って落ち着いた頃には、婚姻届も提出するつもりだ。

「安定期に入るのは来月の十一日ですね……。その次の土日で引っ越しができれば、クリスマスも年末年始も新居でゆっくり迎えられますね」

膝の上でスケジュール帳を開きながら言うと、志門さんもその案に賛成してくれる。

「俺も、そのあたりは予定がなかったと思う。決まりだな」

「はい。……ふつつか者ですが、よろしくお願いします」

改まって頭を下げる私に、志門さんも同じようにかしこまった挨拶を返す。

「こちらこそ。一緒に暮らすとなったらカッコ悪い部分もたくさん見せると思うけど、どうか愛想をつかさないでほしい」

「ふふ、実は楽しみです。志門さんのカッコ悪いところを見つけるの」

志門さんが「参ったな」と苦笑しながら、車を止める。話に夢中になっていたら、あっという間に自宅に到着してしまった。

「じゃあ、また連絡する」

「はい。送っていただいてありがとうございました。おやすみなさい」

「おやすみ」

シートベルトをはずして車のドアに手を掛けた瞬間、志門さんに優しく腕を引かれて、振り向きざまにキスをされた。

ふわりと彼の香りに包まれ、甘い気持ちになって目を閉じる。彼は何度か軽く唇を啄み、まだ物足りなそうに熱い吐息をこぼしつつも、そっと顔を離してささやいた。

「本当は、帰したくない」

「志門さん……」

彼らしくない、余裕のない声音に胸が締めつけられた。切なげな彼の瞳をジッと見つめ返すと、志門さんはぎゅっと私を抱き寄せ、自嘲気味につぶやく。

「……ごめん。さっそくカッコ悪いところを見せてしまったな」

「そんなことないです。うれしいです、志門さんがワガママ言ってくれるの」

「瑠璃……ありがとう。あと少しだけでいいから、このまま抱きしめさせて……」

逞しい腕に閉じ込められ、私は胸が詰まりそうなほど幸せだった。

愛しい志門さんと、この先もずっと一緒に生きていく。その道のりにどんな障害があろうとも、ふたりの愛情さえ揺るがないものであれば乗り越えられるのだと、単純に信じて。

十二月に入り、クリスマス商戦を迎えたエリーザは毎日大混雑だった。いつもより早い時間に商品がなくなってしまうことが増え、週末を控えた金曜日の今日は、十六時を過ぎたところで売るものがなくなった。

上尾さんはぐったりしつつも、【Closed《クローズド》】の札をドアの外にかけ店内に戻ってくると、ホッと息をつく。

「は～、忙しかった。瑠璃ちゃん、体調平気？」

「はい。この間安定期に入って、つわりも治まったので、むしろ前より絶好調です」

赤ちゃんの方も、定期健診で毎回元気に育っていることを確認できている。胎動はまだ感じないけれど、住谷先生は『あと二週もすれば嫌というほど蹴られるわよ』と言っていた。

「大学は行けてるの？」

「はい。週に二日だけなので、なんとか」

「なら問題ないね。なんたって、イケメン旦那様のもとへ永久就職が決まってるし！

引っ越しってもう済んだんだっけ？」

「明日する予定です。なので、今日は帰ったら家族水入らずで最後の夕食なんです」

他愛のない話をしながら、ふたりで店内を片づける。すると厨房にいた世良さんもやってきて、レジ締めの作業を始めた。

「世良さん、瑠璃ちゃん、とうとう明日から新居で旦那様と暮らし始めるんですって」

上尾さんが話しかけると、世良さんはお金を数えながら無表情で答える。

「唯一独り者の俺への嫌みか？」

「違いますよ。優しすぎて意気地なしの男への嫌みです」

「……こういう性格なんだ。放っておけ」

よくわからない会話を交わすふたりを横目に、私はガラスのショーケースを開けて、空になったケーキのトレーを重ねていく。

「神谷。それ、全部まとめたらその辺に置いておけ。厨房に下げるのは俺がやる」

「平気ですよ、このトレー軽いですし」

「いいから置いておけ」

そんな私と世良さんのやり取りを見て、上尾さんが苛立った声をあげる。

「あ～もう！　見てるこっちがまどろっこしい。私が下げますから、お店の方ふたりでお願いしますね！」

彼女は私の手にあるトレーを奪い取り、厨房に引っ込んでしまった。

な、なんで上尾さん怒ってるんだろう？　私のせいじゃないと思うんだけど……だとしたら、原因は世良さん……？

不可解に思いつつ、今度は消毒液とダスターを手にしてガラスのショーケースを拭くことにした。しかし、世良さんとの間に落ちる沈黙が気まずい。

「神谷」

「……は、はい！」

話しかけられた……。妙に緊張してシャキッと背筋を伸ばす私を、世良さんが険しい顔で見つめる。

「す……。す……」

「す？」

なにか話があるようなのに、挙動不審に「す」ばかり繰り返す世良さん。首をかしげながら続きを待っていると、カランとドアベルが鳴って、ひとりの女性客が店を覗いた。どうやら上尾さんが鍵をかけるのを忘れたようだ。

「あっ、ごめんなさい！　今日はもう閉店なんです……！」

私はお客さんのもとに歩み寄って頭を下げる。顔を上げると、その女性は私の目をジッと見つめて美しい微笑を浮かべた。

「あなたが神谷瑠璃さんね？　はじめまして。私、志門の友人の春名友里恵です」

「志門さんの……！　は、はじめまして！　神谷瑠璃です！」

彼のご家族には挨拶したけれど、お友達に会うのは初めてだ。

でもきっと、志門さんと同じような世界を生きる人なのだろう。高く結ったポニーテールには自信が表れ、凛としたパンツスーツ姿やなにげない仕草にも、洗練されたオーラをまとっている。

「お仕事中みたいだけど、今、少し話せるかしら」

「ごめんなさい。まだ後片づけと掃除が……」

雑然とした店内を見回してそう答えた私の背後から、世良さんがぶっきらぼうに言った。

「神谷。中に入ってもらえ」

「えっ？　でもまだ仕事が」

「せっかくお前を訪ねてきてくれたんだろ？　あとは俺と上尾でやるから」

世良さんの親切はありがたいけれど、よく考えたら友里恵さんは私になんの話があるんだろう。いくら志門さんのお友達でも、婚約者のバイト先までわざわざ来るなんて。このこと、志門さんは知っているのかな……？

なんとなくモヤモヤした思いを抱えつつ、私は友里恵さんに向き直り、「どうぞこちらへ」と休憩室に案内した。

友里恵さんに奥の席を勧めて、テーブルを挟んで向き合う。

「さっそくだけど、瑠璃さん」

友里恵さんがそう切り出した途端、休憩室のドアが開き、お盆にふたり分の紅茶をのせた世良さんがやってきた。

無言で私たちの前にカップを置いていく彼の存在を気にしてか、友里恵さんはいったん口をつぐむ。

しかし、紅茶を出し終えた世良さんが休憩室を去る直前に、痺れを切らしたように口を開いた。

「私が今日ここへ来たのは、志門をたぶらかしてまんまと妊娠した、卑怯で計算高い女の姿を、この目で確認したかったからよ」

ナイフのように冷たく尖った彼女の声が、私の胸にまっすぐ飛んできて、ぐさりと刺さった。そこから見えない血が滴るのを感じながら、けれどそんなふうに攻撃される理由がわからない。

「私、たぶらかしてなんて……」

「いつも志門の前でもそうやって純情ぶっているんでしょう？　彼に聞いたわ。彼はあなたの態度を素直にかわいいと思っているようだけれど、聞いているこちらとしては、忠告したくてたまらなかった。そんなにタイミングよく妊娠なんてするはずない。彼女はうぶに見せかけて、あなたをハメたのよって」

友里恵さんが、軽蔑の眼差しを私に向ける。けれど、彼女の言ったことは全部誤解だ。私はなんとか声を振り絞って尋ねる。

「実際に、忠告したんですか？　彼に……」

「いいえ、まだよ。先にあなたに教えておいた方が、ダメージを与えられるでしょう？　だからこうして会いにきたのよ。彼には近日中に伝えるわ。ふふ、これから毎日恐怖でビクビクしちゃうわね？　真実を知った彼に、お腹の子どもも捨てられると思うと」

不気味な笑みをこぼしながら語る友里恵さんに寒気がした。もしも彼女が今宣言した通りに行動したとしたら……志門さんは本当に私たちを捨ててしまう？

『瑠璃。きみはずっと、俺を愛しているフリをしていただけなんだね』

志門さんがそう言って落胆する表情が、勝手に浮かんできてしまう。

違うの、志門さん。私はいつだってあなたを本気で——。

胸の痛みに耐えきれず、ぎゅっと下唇を噛みしめていたその時。

「失礼ですが」

部屋から去るタイミングを失い、ドアの前で立ったままだった世良さんが、突然声を発した。怪訝そうに眉をひそめた友里恵さんに、世良さんが低い声で語りかける。

「俺には、神谷よりあなたが計算高く卑怯な女性に見えます。少なくとも神谷は……そんな器用なまねができる女じゃない。妊娠にだって最初は本気で戸惑っていて、やっと幸せになろうって前を向けたところなんです。あなたの勝手な思い込みで、コイツらの仲を引っかき回すようなことはやめてください」

「世良さん……」

まさか、彼がかばってくれるなんて。しかも、いつになく饒舌《じょうぜつ》……。

それほど友里恵さんの言い分が納得できなかったということだろう。同僚として、私の性格はよく知っている彼だから。

「ふうん、そう。それじゃ、私の誤解だったのかしら。それとも……」

血の通わない冷徹な声でつぶやいた友里恵さんは、世良さんと私を交互に見た後で、口の端をゆがめて笑った。

「実はあなたたちこそが愛し合っていて、共犯関係にある、とか？」

あなたたちって……私と世良さんのこと？　しかも、共犯関係って？

「なにをばかなことを」

世良さんは鼻で笑うけれど、友里恵さんは自分の思いつきを愉快そうに語り続ける。

「お腹の子の本当の父親はあなただけど、こんなちっぽけな洋菓子店の店主では、収入はたかが知れてる。だから瑠璃さんは、旅先のウィーンで偶然に出会った人のいい御曹司、志門を利用することを思いついたのよ。一度関係を持ちさえすれば、彼の子どもだと偽れるものね。そして、恵まれた環境で子育てをしながら、本当に愛している人とは勤務先でコソコソ逢瀬を繰り返す。まるで安っぽい昼ドラね」

「くだらない妄想もいい加減に……」

こらえきれずに口を挟んだ世良さんに、友里恵さんはクスッと嘲笑を浮かべて問いかける。

「この休憩室でもしたんでしょう？　何度も、セックス」

その瞬間、世良さんが拳を振り上げたのが視界に入り、私はとっさに立ち上がって、彼の手を両手で掴んで阻止した。

「ダメです、世良さん！」

「しかしこの女あまりにも……！」

世良さんは興奮を鎮めるように何度も肩で息をしながら、友里恵さんを睨む。

しかし当の友里恵さんは朗らかに笑いながらバッグを持って立ち上がり、私たちの前で立ち止まると言った。

「素晴らしいチームプレイね」

そうして、ポニーテールを揺らして休憩室を出ていく彼女を見送ったが、ドアが閉まる寸前にまた彼女の声が聞こえた。

『あら？　盗み聞きしているなんて、お行儀が悪いんじゃなくって？』

盗み聞き……。もしかして、上尾さん？

一度閉まったドアは間もなくガチャッと開き、そこにいた上尾さんは去っていく友里恵さんの背中にべーっと舌を出してから、私と世良さんのもとへ近づいてきた。

「なんなのよ、あの妄想女！　全部聞いてたけど、腸《はらわた》が煮えくり返ってしょうがなかったわ！　瑠璃ちゃん、大丈夫……？」

上尾さんにそっと両肩を掴まれて顔を覗かれ、私は力なく微笑む。

「なんか、圧倒されちゃって……まだ呆然としているというか」

「そうだよね。あんな妄想女、付き合いきれなくて当然だよ！」

「しかし、お前の婚約者は本当にあんなのと友達なのか？」

世良さんがボソッとつぶやいた言葉に、どきりとした。

志門さんの口から友里恵さんの話を聞いたことはないけれど、友人というのはさすがに嘘ではないと思う。だとしたら今後も、私と志門さんの仲に口を出してくるのは確実で……。

再び深刻な顔になってしまった私を見て、上尾さんが世良さんを肘でつつく。

「もう！　瑠璃ちゃんが余計に不安になること言わないでくださいよ」

「わ、悪い。そうだ、ケーキ持って帰るか？　昼間、生地の配合を変えたアプフェルシュトゥリューデルを試作していたんだ」

アプフェルシュトゥリューデル……ウィーン風のアップルパイだ。ザッハートルテの次に、私が好きなケーキ。

私を元気づけようとしてくれているふたりの気持ちがうれしい。なのにいつものように笑えず、無理して口角を上げ、お礼を言った。

「ありがとうございます。大好きです、サクサクのシュトゥリューデル」

きっと、そうとう醜い笑顔だったのだろう。世良さんと上尾さんは、ますます気の毒そうな表情になり、ふたりで顔を見合わせていた。

浮かない気分のまま残っていた雑務を終え、ノロノロと帰り支度を済ませて裏口から店を出ると、壁にもたれて世良さんが立っていた。

今日は彼も店に残らず帰るのか、黒のMA《エムエー》-1《ワン》にジーンズという私服姿だ。

「ケーキ、忘れてる」

「あ、すみません」

世良さんの手からケーキの箱を受け取り、「では、お疲れさまでした」と早々に彼の前を去る。しかし、数秒後には世良さんが大股で追いかけてきて、なぜか私の隣に並んだ。

「あと……送ってく」

無表情で前方を向いたままそう言った彼の真意がわからず、武骨な横顔をぽかんと見上げる。

「えっ？」

「家まで送っていくと言ったんだ。その……今日のお前は、いろいろ心配だから」

世良さんは言いにくそうに、もごもごつぶやいた。どうやら友里恵さんのことで気を使わせてしまっているみたいだ。

「ありがとうございます。でも、大丈夫ですよ。初対面の人に自分のことあんなふうに言われて、それなりに落ち込んではいますけど……さすがに道路に飛び出したりはしませんから」

私は冗談を言ったつもりなのだけれど、世良さんはなぜか眉間にしわを寄せ、ジロッと私を睨んだ。思わず肩をすくめると、次の瞬間世良さんの大きな体にすっぽり包み込まれてしまった。

え……？　なんで世良さんに抱きしめられて……。

驚いてただ目を瞬かせる私の耳に、世良さんの不機嫌そうな低い声がささやく。

「あの女の言ったこと……図星を突かれたようで、だから余計に腹が立った」

「図星……？」

友里恵さんの語った話の中に、真実が紛れているというの？　でも、あれは全部彼女の勝手な想像じゃ——。

そんなことを考えていたら、不意に世良さんの腕にぎゅっと力が込められて。

「好きだ」

突然告げられた彼の想いに、一瞬頭が真っ白になった。

世良さんが、私を好き？　嘘でしょ？　なにこの状況？　どうすればいいの？

抱きしめられたまま動揺していると、そっと体を離した彼に顔を覗き込まれる。世良さんは困り果てた私の顔を見て、ふっと苦笑した。

「お前の気持ちはわかってる。ここでほかの男になびくような女だったら、そもそも好きになってない。……でも、弱っているお前を見ていたら伝えずにはいられなかった。悪いな、驚かせて」

「いえ……」

いまだに状況が処理しきれずただ首を横に振った私に、世良さんは吹っきれた調子で語る。

「別に、これからも今まで通り接してくれればいい。ただ……どうしてもつらくなった時には遠慮なく言ってほしい。力になるから。もちろん、下心抜きでな」

「世良さん……。ありがとうございます」

私が彼の気持ちに応えられないと知っていて、それでもこんなふうに優しくしてくれるなんて。彼の器の大きさに、不安だらけの心が落ち着きを取り戻していく。

私の周りにいる人たちは、みんな優しい人ばかりじゃない。世良さんも、上尾さんも、お母さんも、お兄ちゃんも。――そして、志門さんも。

だからきっと、大丈夫。彼は友里恵さんの言葉になんて、惑わされたりしない。

「じゃ、帰るぞ。今夜はメシ食って早く寝ろ。体が資本だ」

「ですね。この子のためにも、私が元気でいなきゃ」

お腹をなでながら、世良さんに笑いかける。ようやく自然な笑顔を浮かべることができた私に、彼もホッとしたように目もとを緩めてうなずいてくれた。


友里恵さんのことはいったん忘れることにしてなんとか気を取り直し、帰宅後は家族と最後の夕食を楽しんだ。

「あまりがんばりすぎず、結婚生活を楽しんでね」と明るくエールを送ってくれる母に対し、「あの男に泣かされたら、すぐお兄ちゃんに言え！　いつでも帰ってきていいんだからな！」と縁起でもないことを言いだす兄には少々あきれた。

あの優しい志門さんが、私を泣かせるわけないじゃない……。心の内でつぶやきつつ、食後のお茶とともに、世良さんお手製のアプフェルシュトゥリューデルをいただいた。

サクサクの薄い生地、優しい甘さのリンゴフィリング。ウィーン菓子らしい上品で洗練された味わいに心が安らぐのとともに、脳裏にふと世良さんから告白された時の記憶がよみがえった。

『好きだ』

彼らしい、飾り気のない言葉だった。気持ちには応えられなくても、友里恵さんのことでざわついていた心が、彼のまっすぐな告白に救われたのはたしかだった。

なにか恩返しがしたいけれど……おそらく世良さんの望みは、私が志門さんとちゃんと幸せになることだ。『もう、俺が見てなくてもなにも心配いらないな』って、そう思ってもらえるくらいに。

「私……幸せになるね」

カチャ、とフォークを置いた私は、母と兄に向け、改めて宣言した。ふたりは一瞬面食らったように固まっていたけれど、しばらくして兄が先に口を開く。

「むしろ幸せすぎて胸やけするレベルだろ。アイツ、すげー溺愛してんじゃん、瑠璃のこと」

兄はそう言って、ぶすっとしながらケーキを口に運ぶ。さっきの『いつでも帰ってきていい』発言より、むしろこっちが本音のようだ。

「そうね。彼ならきっと、瑠璃のこともお腹の子のことも、たっぷり愛してくれるわ」

母の言葉に照れながらも「うん」とうなずいた私は、ひと足先にケーキを食べ終え、自分の部屋で荷造りの最終確認をするのだった。

幸せな新生活に不穏な足音

翌日土曜の午後、車で私を迎えにきた志門さんに、とくに変わった様子はなかった。いつものようにキラキラした王子様オーラをまとい、母と兄に丁重に挨拶をしてから、私を優しくエスコートして車に乗せる。

「寒くない？」

「大丈夫です。お腹を冷やさないようにいっぱい厚着してますので」

「ならよかった。空調の具合を変えたかったら言って？」

「はい」

いつも通りに会話ができたことに、ひとり胸をなで下ろす。この様子だと、友里恵さんからはまだなにも聞いていないのだろう。昨日の今日だから、当然と言えば当然かもしれない。

このまま、何事もなければいいのだけれど……そうもいかないよね。

私の妊娠は計画的なもので、目的は志門さんの財産で。本当は世良さんと恋人同士。事実無根とはいえ、友人である友里恵さんにそんな話を聞かされたら、志門さんはどう思う……？

昨日は彼を信じられたはずなのに、胸に不安の滴《しずく》がぽつんと落ちて、黒いしみをつくる。けれど私は見て見ぬフリをして、志門さんとの会話に集中し、精いっぱい笑顔を作った。

新居に着き、志門さんが荷物を二階の寝室に運んでくれている間に、ひとりでリビングに入った私は驚いた。庭へ続く窓の前に、私の背丈と同じくらいの大きなクリスマスツリーが飾られていたのだ。

シルバーや青系の色で統一されたオーナメントは派手すぎず、部屋にしっとりマッチしている。

しばらくツリーに見入っていると、ラフな部屋着に着替えた志門さんがリビングにやってきて、私の隣に並ぶ。

「どう？　そのツリー」

「素敵です。前回来た時と部屋の景色が違ったのでびっくりしましたよ。志門さんが全部飾りつけを？」

「ああ。その必死な姿をあまり想像してほしくはないけどね」

志門さんが苦笑しながら言った。彼のことだから、きっとオーナメントの配置にもこだわって、時間をかけてツリーを完成させたんだろうな。

「やっぱりツリーがあるだけで、一気にクリスマス気分になりますね」

「そうだな。俺は今までイベントごとにあまり興味はなかったが、瑠璃がそばにいると、そうやって喜んでくれる顔が見たくて、あれこれ計画したくなるよ」

「志門さん……」

彼のやわらかな薄茶色の瞳と見つめ合うと、胸に愛しさがこみ上げる。けれど、同時にさっき目をそらした不安の黒いしみが大きくなってきた気がして、私は思わず彼にぎゅっと抱きついた。

志門さんの甘い香りを胸いっぱいに吸い込んで、心を落ち着かせる。

「瑠璃？」

私らしくない行動だと思ったのだろう、志門さんが不思議そうな声をあげる。でも、私の体を引き剥《は》がすことなく優しく受け入れて、大きな手でそっと背中をさすってくれた。

「志門さん、私のこと……」

「ん？」

「私のこと……絶対に、見失わないでくださいね」

いつでもどこにいても、彼は私を見つけてくれた。だからこそ、怖いのだ。こんなに近くにいるのに心が離れた時のことが。友里恵さんの話が、そのきっかけになってしまわないかってことが。

「大丈夫だよ。ほら、目印だってある」

穏やかな声に顔を上げると、志門さんはそっと体を離してズボンのポケットに手を入れた。そこから取り出したのは、高級感の漂うネイビーの小さな箱。

まさか、と思った瞬間彼が蓋を開き、きらめくダイヤの指輪が現れた。

「志門さん、これ……」

「瑠璃は、世界で一番大切な人──その証だよ。手を貸してごらん?」

ゆっくり左手を差し出すと、その薬指に志門さんが指輪をすべらせるようにしてはめた。その瞬間自然と涙があふれ、ダイヤの輝きが滲んで揺れた。

私は、志門さんの大切な人……。婚約者としてもっと自信を持っていいのだと、指輪が伝えてくれているような気がした。

「ありがとうございます……幸せです、私」

指輪のついた手を胸に抱き、泣き笑いを浮かべてそう言うと、志門さんは愛しげに目を細めて、私の唇に優しい口づけをした。それから、甘えた声でささやく。

「今夜は瑠璃を存分に愛させてほしい。絶対に無理はさせないと約束するから」

「……はい。喜んで」

少し膨らんできたお腹を見られるのは、恥ずかしいものがある。それでも、赤ちゃんの存在を感じながら彼と重なり合う、胸が詰まりそうな幸福に浸りたかった。


荷物を簡単に片づけた後、夕食を外で済ませ、先にお風呂に入らせてもらった。

最初はガラス張りのバスルームに緊張して、誰もいないとわかっていても辺りをキョロキョロしてしまった。それでも浴槽につかる頃には慣れ、リラックスして体を温めることができた。

フリース素材のゆったりしたパジャマに身を包み、髪を乾かしてから寝室に戻った。ベッドで本を読んでいた志門さんに「上がりました」と声をかける。

彼が着替えを持って部屋を出ていくと、この後はいよいよ……と、改めてドキドキしてきた。ベッドにごろんと寝転び、枕を抱いてぼうっと考える。

彼と体を重ねるのは、ウィーンで出会った日以来。あの時は初めてでなにもわからず、志門さんのリードに従っているうちに、我を忘れるほどの快楽にのまれて……。

断片的に覚えている自分たちの乱れた姿が脳裏に浮かんでは消え、全身が沸騰したように熱くなった。

二度目とはいえ、やっぱり緊張する。私、ちゃんとできるかな……？

悶々《もんもん》としながら、ゴロゴロと無意味に寝返りを繰り返していたその時だった。

ベッド脇にある小さなサイドテーブルの上で志門さんのスマホが鳴りだし、私は反射的に起き上がってその画面に注目した。瞬間、ドクン、と大きく鼓動が乱れる。

【着信中　春名友里恵】

スマホの画面にそう表示されていたのだ。小さな黒いしみでしかなかった不安が、急速に胸に広がっていく。

友里恵さんからの電話……用件は私のこととしか思えない。彼女はエリーザを訪れて私や世良さんに話したのと同じことを、志門さんに伝えるつもりなのだ。

電話に出なければあきらめる？　でも、戻ってきた志門さんが不在着信に気づいたら、かけ直すよね。そうでなくても、友里恵さんの方からまたかけてくる可能性だってある。どうしよう……。

鳴り続けるスマホを怯えながらジッと見つめていると、やがて友里恵さんはあきらめたらしく、着信音はやんだ。

それから五分、十分と経っても再び電話が鳴ることはなく、とりあえず胸をなで下ろす。

でも、またいつかかってくるかわからない。今夜でなくても、いずれ志門さんがあの話を聞かされるのは避けられないだろう。

そんなことを考えていたら、ガチャッと寝室のドアが開いて。

「お待たせ。瑠璃がベッドで待っていると思ったら、はやる気持ちを抑えきれなくて、今夜はシャワーだけにしたよ」

ダークグレーのシルクパジャマに同系色のガウンを羽織った彼が、屈託なく言いながら部屋に入ってきた。急いで乾かしたのであろうダークブロンドの髪が、寝ぐせのように乱れている。

そのちょっとした隙が、いつも私の心をぎゅっと痛くする。この人のことが好きだなって、何度でも再確認させられる。

「志門さん」

「ん？」

私の呼びかけに返事をしながらも、彼の視線がなにげなくサイドテーブルのスマホに注がれているのがわかった。

距離は二メートル以上離れているから、定期的に表示される着信通知のバナーに気づいているかどうかはわからない。

でも、気づいていたとしても……今はどうかこっちを向いて、私だけを見つめてほしい。そんな思いから、私は手を伸ばして彼のスマホを取ると、画面を隠すようにして胸に抱いた。

志門さんは不思議そうに、その行動の意味を問う。

「どうしたの？　俺のスマホを大事そうに持って」

「電話がありました。春名友里恵さんって方から」

「友里恵から？……ああ、もしかして瑠璃は、かわいいヤキモチを焼いているの？でも、友里恵はそういうのじゃないよ。ほら、前に話しただろ？　若手の頃、ウィーンの建築事務所に勤めていたことがあるって。その時の同僚で、今でも仕事上で協力し合っている、古くからの友人といった感じかな。瑠璃のことも、さんざんのろけているよ」

ベッドに腰掛けた志門さんが、丁寧に彼女との関係を説明してくれる。しかし、間違いなくふたりは友人同士なのだという事実を改めて突きつけられ、私の心は沈んだ。

つまり、志門さんと友里恵さんとの間には一定以上の信頼関係があるわけだ。しかも、数カ月前に出会ったばかりの私とは違い、ふたりは長い間、仕事をともにしてきた仲間。

たとえ友里恵さんが彼に少々行きすぎた助言をしたとしても……優しい志門さんなら、一度は耳を傾けてしまうんじゃないだろうか。彼女の言い分にも一考の価値があると、思ってしまうんじゃないだろうか。

考えれば考えるほど不安に心が覆いつくされそうになり、私はスマホを持ったまま、すがるように訴える。

「たとえお友達でも……今夜はもう、電話をしないでください」

嫉妬だと思われてもかまわない。ただ今はあなたに見つめられて、愛されたい。そしてこの不安を、どこか遠くへ吹き飛ばして……？

「俺の説明じゃ、納得できなかった？」

気づかわしげに顔を覗かれ、私は彼の目をまっすぐ見つめ返して告げる。

「今夜は、私を存分に愛してくれる約束です。誰にも邪魔されたくないんです」

「……わかった。じゃあ、それを貸して？　電源を切っておこう」

差し出された手のひらにスマホをのせると、志門さんは即座に電源を切り、スマホをサイドテーブルに戻した。それから私の頬に手を添え、ゆっくり顔を近づけながらささやく。

「これで誰にも邪魔されない」

夜が明けたら彼はスマホの電源を入れるだろう。だけど、せめてそれまでの間だけ。なにも考えず、彼の愛を一身に感じたい。

「瑠璃、目を閉じて……？」

くい、と顎を引き上げられ、やわらかな唇同士が重なる。それだけで、電流が走ったように全身が痺れる。私の体をこんなふうに熱くできるのは、志門さんだけだ。

「好き……」

ベッドに倒されて、なお繰り返される口づけの合間に、私はつぶやく。

「大好きです、志門さん」

「瑠璃……。俺もだ。愛しているよ」

志門さんは優しく丁寧に私の体を愛撫し、ひとつになるその瞬間も、私の反応を注意深くうかがいながら、ゆっくりゆっくり入ってきた。

穏やかな快楽が、波のように寄せては返す。甘くてじれったくて、ますます彼が愛しくなって。私は何度もあえぐように、彼の名を呼んだ。

体を重ねた後、私は志門さんに抱きしめられながらすやすや眠ってしまった。彼の大きな愛と、触れている肌の温もりに、安心しきっていた。

目覚めた時にはすでにカーテンの向こうが明るくて、隣にいたはずの志門さんもいなかった。

布団の上には昨夜脱がされたパジャマがきちんと畳んで置いてあって、それを身につけてからなにげなくスマホのチェックをすると、志門さんからメッセージが入っていた。

【おはよう。朝ご飯を買ってくる】

文末にはおにぎりの絵文字が添えられていて、心が和む。とりあえず、あの後も友里恵さんからの連絡はなかったようだ。

ひとまず安心したところで、私はシャワーを浴びることにした。

休みの日なら気にしないけれど、今日は午後からバイトがある。志門さんに抱かれた余韻を残したまま出勤するのは、なんとなく恥ずかしい。

バスルームに向かうと、暖房がついていた上お風呂が沸かしてあったので驚いた。ガラス張りの壁からは朝日も入り込んで、とても明るく暖かい。

志門さんが気を利かせてくれたのかな……。彼の優しさをじーんと感じながら、髪と体を洗って、湯船につかった。

「あ～……腰に効く……」

少々年寄りくさいつぶやきを漏らしたその時、不意にバスルームのドアがガチャッと開いて、志門さんが顔を覗かせた。

「おはよう、瑠璃」

「あっ、おかえりなさい！　ありがとうございました、お風呂。暖房までつけてくださって」

「どういたしまして。瑠璃の妊娠中の体を冷やしたらまずいと思ってね。……ねえ、俺も入っていい？」

「えっ？」

キョトンとして固まる私を見て、志門さんは悪戯っぽく微笑む。そしていったんドアを閉めて脱衣所に引っ込むと、次にドアを開けた時には裸になっていた。

「ひえっ」

朝日に照らされる彼のしなやかで美しい裸体は、日本人離れした顔立ちも相まって、まるで彫刻のよう。私は直視していられずにパッと壁の方を向き、火照る顔を両手で覆った。

「さすがに『ひえっ』は傷つくな……」

志門さんがシャワーを浴びながら、どこか寂しげにつぶやく。

「ごめんなさい。でもだって……」

「昨夜さんざん見ただろう？」

「それとこれとは別です……！」

顔を背けたまま外を睨んでいると、やがて水道がきゅっと閉まる音がして、志門さんが近づいてくる気配がした。

心の中で再度「ひえっ」と叫び身を固くしていると、ちゃぷんと水面が揺れて、彼が浴槽に入ってきた。

「一緒に入りたいって、前に言っただろ？」

ぴたりと寄り添って腰を下ろした彼が、甘すぎる声でささやく。その直後、彼の手が胸のふくらみに移動したのに気がついて、私は慌てた。

「し、志門さん……。ダメです……っ」

「瑠璃が足りないんだ。今日は夜までアルバイトだろ？　俺も夜は会食があるから何時に帰れるかわからないし、月曜からは四日間福岡に出張なんだ。……そのぶん、今触れておきたい」

出張？　そうなんだ……それは寂しいけど、でも。まだ朝だし、こんな明るいバスルームでなんて。

しかし、異を唱える私を無視して、彼の手は私の官能を引き出させようと、あらゆる悪戯を仕掛けてくる。抵抗したいのに体が言うことを聞かず、口からは甘い嬌声が漏れてしまう。

そのうち彼の手が、足の付け根をたどってそっと私の中心に触れた。

「ダメ、ですってば……」

「嘘。ココはダメじゃないって言ってる」

「意地悪……」

「そうかもしれない。瑠璃にだけ、ね」

妖艶なバリトンボイスでそう言われてチュッとキスをされたら、もう抵抗する気持ちもなくなって、私はされるがままになった。

バイト前に昨夜の甘い余韻を消さなきゃ、と思っていたはずなのに、結局は体中に彼の痕跡を残されて、ぐずぐずに溶かされてしまう始末。

けれど志門さんはとても幸せそうで、その顔が見られただけでもなにもかも許せる気になってしまった。私は惚れた弱みだな……なんて思いつつ、朝から甘い幸福に浸るのだった。

午後のバイトには、志門さんが車で送ってくれた。夜は迎えにこれなくてごめんと申し訳なさそうに言われたが、新居は実家よりずいぶん店に近くなり、電車でも心配ないからと伝えた。

タクシーも勧められたけれど、もったいないし……妊婦だって適度に歩かないとね。そんなことを思いながら、いつも通りに上尾さんと店に立ったのだけれど。

「どうしちゃったんだろう、今日」

「売れませんね、全然。というか、お客さんが来ない……」

その日のエリーザは、あきらかに閑古鳥が鳴いていた。

上尾さんが言うには、いつもなら開店と同時に訪れる常連の若い主婦たちの姿がなく、その後も数組のお客さんしか店を訪れていないのだという。売れたケーキもたったの五個。

そして十三時に私が入ってからもうすぐ一時間が経つけれど、その間に来店したお客さんの数は、なんとゼロだった。

「なんで？　昨日は普通に入ってたんだけどな～」

「今日、日曜日ですよね？　一番混むはずなのに……」

店の前を素通りしていく通行人を、ふたりで恨めしげに見つめていたその時。

「やられた。……原因は、これだ」

厨房へ続く扉から世良さんが現れ、手にしていたタブレットを私たちに見せる。表示されているのは、誰でも匿名で自由に意見をつぶやくことのできる、有名なSNSの画面だった。

【自由が丘の洋菓子店エリ○○、職人と若いバイトができてて店内でやりまくってるから衛生状態悪いよ。気をつけて】

目に飛び込んできたのは、どこかで聞き覚えのある気分の悪い内容のつぶやき。投稿しているのは、百合の花の写真をアイコンにした『でき婚反対！』というアカウント名の人物だった。

これ……まさか友里恵さんが……？

今こうして見つめている間にも、つぶやきはリアルタイムで拡散されている。店名は一部伏字になっているが、わかる人にはウチの店だとわかるだろう。

【え～最悪。誰か保健所に通報しろよ】

【AVの設定みたい。ちょっとうらやましいw】

批判的だったり無責任だったり、どちらにしろ心ないリプライが、次々追加されて画面に並んでいく。

「な、なによこれ……まさかこの間の妄想女のせい？」

「だろうな。……しかし、こうまで拡散されているのを見ると、単独犯でもなさそうだ。根性の悪い女だとは思ったが、さすがに悪質だな。名誉棄損だ」

私のせいだ……。私のせいで、お店にもふたりにも大きな迷惑が……。

申し訳ない思いでいっぱいになった私は、難しい顔でタブレットを睨む世良さんと上尾さんに、ぺこっと頭を下げて謝罪する。

「ごめんなさい……！　私が恨みを買ったせいで……」

「なに言ってるのよ瑠璃ちゃん。悪いのは妄想女よ！」

「まったくだ。神谷が謝る必要はこれっぽっちもない。しかし、婚約者に一度相談した方がいいんじゃないか？　こんなことをする女だと知ったら、たとえ友人でも黙ってはいないだろう。なにより、お前という一番大切な存在が傷つけられているんだ」

ふたりとも私を責めずにむしろかばってくれるけれど、罪悪感は拭えない。

「でも……このまま店にお客さんが来なかったらどうするんですか？」

「その時はその時よ。私はほかの仕事を探すだけだし……世良さんだって独身だもの、なんとかなるわよ」

上尾さんが強気に言って、「ねっ？」と世良さんに同意を求める。

「……ああ。店や俺がどうなろうと、神谷が気に病む必要はまったくない。この先も客足が遠のいたままだとしたら、それは俺の腕のせいだ。もちろん、そうならないように行動も起こす。こう見えて、弁護士の友達もいるんだ」

「上尾さん、世良さん……」

ふたりとも、どうしてそんなにいい人なの？　思わずじわっと瞳を潤ませ、私はもう一度彼らに向かって深々とお辞儀をした。

志門さんが帰ってきたら、勇気を出して友里恵さんのことを相談してみよう。

そう決めてバイトから帰宅し、お風呂に入ってから、帰る途中で買ってきたお弁当で簡単に夕食を済ませた。その後は適当にリビングでテレビを流しながら、スマホを片手に今か今かと志門さんからの連絡を待つ。

しかし、日付が変わる頃になっても、彼からはメッセージのひとつも送られてこなかった。

何時になるかわからないとは言っていたけど、ここまで遅くなるとは予想外だ。

本当はずっと起きて待っていたいけれど、妊娠中でホルモンバランスが変わっているせいなのか、眠気に勝てそうにない。

明日、早起きして話すしかないかな……。私は結局起きて彼を待つのはあきらめ、あくびをしながら寝室に引っ込んだ。

翌朝七時前に目を覚ますと、ベッドに志門さんの姿はなく、彼が隣で寝ていた形跡もなかった。同じ階の書斎も覗いたけれど、そこにもいない。

まさか、帰ってきてない……？　事故にでも遭った？

不安になって一階に下りたらリビングの明かりがついていたので、「志門さん？」と呼びかけながら、静かにドアを開ける。

返事はなかったが、リビングの一人掛けソファで、肘掛けに頬杖を突いて眠っている彼を見つけて、私はひとまずホッとした。

シャツのボタンを上から三つも開け、長い間同じ姿勢で寝ていたのか、スラックスにはしわが寄っている、少々だらしない姿。

テーブルの上に置かれたブランデーの瓶とグラスを見る限り、ひとりでお酒を飲んでいたようだ。固く目を閉じた彼の眉根は険しく寄せられていて、どこか疲れた様子にも見える。

このまま寝かせておいてあげたいけど……彼は今日から出張だったはず。お風呂も入っていなさそうだし、早めに起こした方がいいよね。

「志門さん、七時です。起きてください」

そっと肩を揺すると、「ん……」と苦しげな声を漏らした彼が、目を閉じたままでつぶやいた。

「許さ、ない……」

「え?」

今、許さないって言った……? 寝言かもしれないが、不穏なセリフに心がざわついた。

「志門さん?」

「どうして、そんな嘘……瑠璃……」

志門さんが途切れ途切れに、悩ましくつぶやく。彼の肩に触れていた手が思わずビクッと震え、私はその手を自分の胸に抱いた。

〝許さない〟〝嘘〟〝瑠璃〟――志門さんはもしかして、昨夜友里恵さんに会ってあの話を吹き込まれてしまった? その可能性を思いついただけで、どくどくと全身が脈打った。

仕事で疲れているだけかもしれない。さっきの言葉も、なにか悪い夢を見ていて、ただ寝言が漏れただけかもしれない。そう思い込もうとするのに、不安ばかりがまたむくむくと成長していく。

こうなったらもう、本人に確かめるしか……。

「起きて、志門さん。お話したいことがあるんです」

さっきより強めに彼の体を揺すりながら、声をかける。するとハッとしたように目を覚ました彼が、くしゃりと髪に手を差し入れながら、私に問う。

「寝てしまっていたのか……。今、何時だ？」

「七時を過ぎたところです」

「時間がないな……。とりあえずシャワーを浴びてこないと」

志門さんはすっくと立ち上がり、大股でリビングを出ていく。私はとっさにその背中を呼び止めた。

「あの！」

「ん？　どうしたの、瑠璃」

振り返った志門さんは、時間がないにもかかわらず、いったん足を止めて私を見つめる。さっきのつぶやきなど、まるで忘れてしまったみたいに優しい瞳だ。

「昨夜はどちらに？」

しかし、恐る恐るそう尋ねた瞬間、彼の顔が微かにこわばった。そして私から視線をそらし、乾いた声で説明する。

「品川のホテルで会食をした後、取引先の社長に誘われて少し飲んできた。連絡もせず、ごめん」

「いえ……」

きっと嘘だ。いつも誠実な志門さんだからこそ、嘘をつくのに慣れていないのがすぐわかる。取引先の社長というのは嘘で、友里恵さんと会っていたに違いない。

でも、それならどうして私を責めないの？ 夢に見るほど思い悩んでいるのではないの？ 胸の内で問いかけていると、志門さんが腕時計を確認し、申し訳なさそうに言う。

「悪いけど、シャワーを浴びて着替えたらすぐに出発する。木曜には帰るから、その時はゆっくり瑠璃と話ができると思う。いい子で待っていて」

「……はい」

従順にうなずくと彼は微笑み、身を屈めて私のおでこに軽くキスをした。こんな状況なのにドキンと胸が鳴って、ますます切なくなった。

志門さんはどうするつもりなんだろう。私との結婚……それに、赤ちゃんのこと。

さっき『許せない』ってつぶやいていたのは、私と世良さんのことを誤解しているから……?

何度自分に問いかけても、答えが出るはずもない。私はモヤモヤした思いを持てあましながら、出張に出かけていく彼を見送った。

彼の中からいなくなった私

出張中の志門さんは、いつもの甘い彼だった。毎晩電話をくれて私の体調を気遣い、切る前には必ず『おやすみ。愛してる』とささやいて、私を照れさせた。

全部、演技ではなかったと思う。だって、志門さんは嘘が下手な人だもの。でも、だったらどうして出張に出かけた日の朝は嘘をついたの……？

志門さんの真意がわからぬまま、彼の帰ってくる木曜日になった。

その間二回バイトに入る予定だったのだけれど、相変わらずお客さんが来ない日が続いているとのことで、二日間とも急遽《きゅうきょ》休みになった。連絡してきた世良さんは淡々といつものトーンで『気にするな』と言っていたけれど、そうもいかない。

いくら友里恵さんが私を恨んでいたとしても、職場のみんなまで巻き込むのはやっぱりおかしいよ。今日こそは、絶対に志門さんとちゃんと話をしよう——。

私はそう心に決めて、彼の帰ってくるのを家でじっと待っていたのだけれど……夕方になって、私のスマホに知らない番号から電話がかかってきた。

出るか出まいか悩んだものの、自分のスマホの充電が切れた志門さんが誰かの電話を借りて連絡してきたこともありえると思い、警戒しながらも「もしもし？」と電話に出た。

『もしもし、瑠璃さん？　私です。春名友里恵』

スマホから聞こえてきた声を聞いて、私の胸はどくんと嫌な音を立てた。

どうして友里恵さんが私の番号を知っているの？

「友里恵、さん……？」

『驚かせてごめんなさいね。あなたの番号、志門に聞いたの。話したいことがあるから、これから会えないかしら？』

「話したいこと？」

『ええ。大事なことだから、直接会って話したいの』

友里恵さんの淡々とした声音がなんとなく怖くて、スマホを持つ手に汗が滲む。

でも、これはチャンスなのかもしれない。あのSNSのつぶやきは、友里恵さんのものなのか。だとしたらどうしてそんなことをするのか、直接彼女に確かめられる。

「……わかりました。どこへ行けばいいですか？」

友里恵さんに指定されたのは、都心の中にありながらもひっそりと人気のない、ある神社の境内だった。

着いたのは十八時頃で、すでに辺りは真っ暗。赤い鳥居をくぐって、六メートルほどの急な石段を上がる。

境内に到着して周囲を見回したが、友里恵さんの姿はまだなかった。

心細さから無意識に、左手薬指の指輪に触れる。ダイヤが大きく普段使いするような指輪ではないのでいつもはしまってあるが、今日は自分を奮い立たせるためにつけてきたのだ。

友里恵さんに到着の連絡をしようとバッグからスマホを取り出すと、ちょうど電話がかかってきた。しかし、彼女からではない。……志門さんからだ。

「もしもし？」

『瑠璃？　今、どこにいる？』

電話越しの彼の声はなぜか焦っていた。もしかしたらもう家に帰ってきたのかな？

それで、私がいなくて心配してる……？

「ごめんなさい、ちょっと用事があって外に出ていて」

『友里恵に呼び出されたんじゃないか？』

「えっ？　……なんで志門さん、そのこと」

『とにかく居場所を教えてくれ。俺もすぐに向かうから』

なにがなんだかわからない。でも、やけに切迫した志門さんの勢いに押され、私は素直に神社の名前を告げた。

志門さんは今タクシーに乗っていて、五分程度で着けそうとのことだった。

『友里恵はそこにまだ来ていないのか？』

「はい。誰もいなくて……ちょっと怖いです、夜の神社」

『このまま話していればいい。そうしたら怖くないだろ？』

優しげな声に、ほわっと胸が温かくなる。——と、その時。誰かにうしろからトントンと肩を叩かれた。私は思わず耳からスマホを離して振り返る。

「こんばんは、瑠璃さん」

「友里恵さん……」

お化けのように突然現れた彼女に、ぞくりと背筋が凍えた。

今、友里恵さんはどこから？　石段には注意を払っていたつもりだったのに、見逃していた……？

大きく目を見開いて体を硬直させる私に、彼女はにこりと微笑んで尋ねてくる。

「電話の相手、志門？」

「……ええ。そうですけど」

「じゃ、スピーカー通話にしてくださる？　私たちの話を彼にも聞かせたいの」

友里恵さんの美しい笑みには、有無を言わせない迫力があった。私はごくりと唾をのみ込んで、言われた通りスピーカーのアイコンをタップした。

「聞こえる？　志門」

『友里恵……。瑠璃になにをするつもりだ』

手の中のスマホから、緊張感の滲んだ志門さんの低い声が聞こえる。

「なにって……私のプライドを傷つけた罪を償ってもらうのよ。あの夜からずっと、私はこの女が憎かったの」

『あの夜……？』

友里恵さんはそこで私に向き直り、さげすむような目をして告げる。

「ウィーンでの仮面舞踏会、あれが京極建設御曹司の花嫁探しだという噂を聞きつけて、私も参加していたのよ。若い頃からずっと片思いしていた、志門に選ばれることを夢見て。なのに……」

そこで言葉を切った彼女は、いっそう憎しみの色を濃くした瞳で私を見据えながら、じりじりと距離を詰めてくる。私は思わず後ずさるけれど、あと一歩で石段を踏みはずすという場所まで追いつめられ、逃げ場を失った。

「会場で彼の姿を見つけたと思ったら、冴えない東洋人の女と踊っているじゃない。仮面で顔までは見えなかったけれど、子どもっぽいドレスを着て、まともにダンスのステップも踏めない、誰がどう見たって私よりレベルの劣っている女と……それはもう楽しそうに」

今でも理解不能だというふうに、左右に大きく首を振る友里恵さん。志門さんに失恋したことより、プライドを傷つけられたことの方が、彼女にとっては大きなダメージだったようだ。

「しかも、その女は運よく妊娠して、本来縁がないはずの志門とトントン拍子に結婚話を進めている。嫌みのひとつでも言わなきゃ我慢ならないと思って職場に押しかけたら、女はまた別の男にも守られていた。……本当になんなのあなた。私をイラつかせるために存在してるの？」

至近距離から睨まれ、逃げ出してしまいたくなる。

でも、これだけは聞いておかないと。

「エリーザを貶《おとし》めるようなSNSのつぶやき……あれも、友里恵さんが？」

「あら、頭の悪いあなたでも気がついた？　SNSって便利よね。真実だろうがそうじゃなかろうが、叩けそうなネタならどんどん拡散されていく」

ひどい……。友里恵さんは、自分の書いたことが嘘であると認識しながら、わざとそのデマが広がるように仕向けたんだ。

本当は思いきり言い返したいけれど、今の友里恵さんにはなにを言っても、おそらく火に油を注ぐだけ。

とりあえず、彼女が落ち着くのを待とう……。そう思っていた私の考えは、甘かったらしい。

友里恵さんは今までで一番美しく、そして恐ろしい笑みを浮かべると、私の耳もとで小さくささやいた。

「――そろそろ消えて? 目障りなのよ」

その言葉に恐怖を感じた時には、友里恵さんの両手がドンッと私の体をうしろに突き飛ばしていた。

落ちる――とそう思った瞬間、「瑠璃!」と最愛の人の声が聞こえて、温かいものに包み込まれた。

しかしなにが起きているのか考える暇もなく、私の体はゴロゴロと、石段を一番下まで転がり落ちていく。

怖くてたまらなかったけれど、痛みは感じなかった。動きが止まったところでぎゅっと閉じていた目をこわごわ開くと、その理由がわかった。

「志門……さん？」

石段の入り口にある鳥居には、提灯がふたつぶら下がっている。その微かな明かりが、目の前にある彼の美しい顔を照らしていた。眠っているように伏せられた長いまつ毛が、頬に影を落としている。

志門さんが、私をかばってくれたんだ……。そう理解するのと同時に、サッと青ざめた。私をかばいながら境内からここまで落ちて……無事でいられるはずがない。

「志門さん？　ねえ、志門さん？」

こわごわその体を揺すって気づく。彼が頭を置く地面に、真っ赤な血だまりができていることに。大声で叫びそうになった口もとを手で押さえ、私はそばに落ちていた自分のスマホに必死で手を伸ばす。

「き……救急車……」

画面は派手に割れていたが、電話はつながった。私はパニックになりながらなんとか居場所と状況を伝え、救急車が到着するまでずっと鳥居の下で志門さんの手を握り、彼の無事を祈り続けた。

病院に搬送された志門さんはすぐさま集中治療室に収容され、通路のベンチに取り残された私は彼のご両親に連絡するくらいしかできることがなかった。

三十分ほどで駆けつけたご両親に「どうしてこんなことに？」と聞かれたが、神社で起きた出来事を説明しようとすると体が小刻みに震え、呼吸が苦しくなった。

「瑠璃さん、あなたも怖い目に遭ったのね……？」

お母様が隣に座り、私の背中を優しくさする。それでも呼吸は落ち着かず、むしろ本格的に過呼吸に陥ってきてしまった私を見て、お父様が慌てて看護師を呼んだ。

私に目立った外傷はないが、志門さんと同じように階段から落ちたことはたしかで、しかも妊娠中の身。念のためいろいろ検査を受けた方がいいと、その日は入院することになってしまった。

検査を終え、病棟の個室に移動した頃には警察官がやってきて、友里恵さんがあの後どうなったのか教えてくれた。彼女はすでに自分から警察署に出頭し、恐ろしいことをしてしまったと、罪を認めているそう。

だからと言って許せるはずもないが、これ以上彼女から嫌がらせされることはないとわかっただけでも、少し安心した。

警察官が帰った後には、血相を変えた兄が私のいる個室にやってきた。

「階段から落ちたって聞いたけど……本当に、どこもなんともないのか？」

「うん。志門さんがかばってくれたから……」

うつむいてそう語ると、兄が遠慮がちに私に尋ねる。

「ってことは、アイツは……？」

「……集中治療室にいる。頭にひどい怪我《けが》をしているの」

「そうか……」

兄は慰めの言葉が見つからないらしく、それきり黙ってしまった。

ここは志門さんのいる集中治療室とは離れた個室なので、彼の様子がわからない。

ご両親がついていてくれているから、大丈夫だとは思うけれど……。

「俺、入院手続きのことを聞きに、ちょっとナースステーション行ってくる」

「うん、わかった」

兄がいったん病室を出ていくと、入れ替わるようにして志門さんのお母様が私の様子を見にきてくれた。

「瑠璃さん、具合はどう？」

「お母様……私は大丈夫です。それより志門さんは？」

そう尋ねると、お母様は心苦しそうに眉根を寄せて答える。

「怪我の治療は問題なく済んで……ついさっき、意識も戻ったわ」

「本当ですか？　よかった……！」

私は心から安堵して、思わず瞳を潤ませる。でも、どうしてお母様はそんなに浮かない顔をしているのだろう。

「会話もできましたか？」

「ええ。……でも」

お母様はそこで押し黙ってしまった。その沈黙になにか不穏なものを感じていると、やがてお母様は無理やり浮かべたような笑みで私に言った。

「瑠璃さんは赤ちゃんのこともあるし、今夜はゆっくり休んだ方がいいわ。志門には、明日……顔を見せてあげて？」

なんだろう。胸がざわざわする。まるですぐに私には会わせたくないみたい……。

お母様の態度は腑に落ちなかったが、どのみち今夜ベッドを抜け出して彼に会いにいくなんて不可能だ。

お母様の言う通り今夜はきちんと眠って、明日元気な顔を彼に見せよう――。

私はそう決めて、その夜は自分の体と心を回復させるのに集中することにした。

翌朝、朝食の後の診察で、私は無事に退院できることが決まった。志門さんが命がけで守ってくれたおかげで、赤ちゃんにも異常はない。

そのことを報告して、彼にお礼を言おう。志門さんも、昨日よりさらに回復しているといいのだけれど……。

自分の荷物をまとめて退院の手続きまで済ませてから、私はお母様に教えられていた彼の個室を訪れた。

ノックをしてから中を覗くと、頭に巻かれた包帯が痛々しくはあるものの、傍らに座るお母様と和やかに談笑する彼の姿があり、私は心底ホッとした。お父様は仕事なのか、今は姿が見えない。

お母様は私の姿に気づいて立ち上がり、志門さんに告げる。

「ほら、瑠璃さんよ。昨日一緒だったでしょ？　彼女は元気よ」

その言い聞かせるような口調に少し違和感を覚えていると、志門さんの薄茶色の瞳が私をとらえる。しかし、そこにいつもの優しさと愛情はなく、どこか困惑した様子に見えた。

「志門さん？」

どうしちゃったのかな。いつもの彼じゃないみたい。長く見つめられれば見つめられるほどその違和感は大きくなり、やがて彼は小首をかしげてつぶやいた。

「……誰？」

抑揚のないその声に、彼に歩み寄ろうとしていた足が止まった。〝誰〟って……志門さん、私のことがわからないの？　そんなわけないよね……？

「だからね志門、昨夜から説明している通り、あなたはここにいる瑠璃さんと婚約していて、来年の春には赤ちゃんが生まれるの。心から愛していた人よ。顔を見たら思い出すでしょう……？」

お母様がもどかしそうに説明するけれど、志門さんの顔色は変わらない。真顔でジッと私の顔を観察したかと思うと、あきらめたように目を閉じて首を横に振った。

「……ダメだ。思い出せない」

「志門……」

お母様は肩を落とし、それから気まずそうに私のもとへ歩いてきた。そして、呆然と立ち尽くす私のそばで、声を潜めて話す。

「今の志門は、記憶障害が起きている状態だそうよ。とくに、ここ数カ月の間に起きたことが思い出せないみたいで……私や主人のことはすぐにわかったんだけれど、自分がどうして怪我をしたのか、誰を守ろうとしたのか。そういうことが、全然わかっていないの」

「ここ、数カ月……」

それはまさに、私たちが出会い、愛を育んできたかけがえのない日々ではないか。志門さんの頭の中には、それがなにひとつ残っていないというの？

「脳に損傷があるということですか？」

「それが、MRI《エムアールアイ》でも脳波検査でも異常は見られなかったの。お医者様は、精神的なものが大きいんじゃないかって」

「精神的……。じゃあ、治療方法は？」

私の切実な問いかけに、お母様はますます悲痛な面持ちになる。それは有効な治療方法がないと言っているのと同じだった。

「催眠療法や臨床心理士の先生によるカウンセリングが受けられるみたいだけど……どれもすぐに効果が得られるわけではないし、本人の感情が余計に不安定になる可能性もあるから、もしも日常生活に支障がないなら、自然に思い出すのを待つのが一般的だそうよ」

「そんな……」

「瑠璃さん自身も、とてもつらいのはわかってる。でもどうか、あの子を見捨てないであげてくれる……？」

「お母様……」

私だって、もちろんそうしたい。だけど、私を愛していた記憶を失った彼と、これからどうやって暮らしていけばいいのだろう。彼にとっては、いきなり他人と生活するのと同じくらい、居心地が悪いのではないだろうか。

不安を抱えて見つめた先の志門さんは、うつろな瞳でぼんやり窓の外を眺めていた。

お母様に「また来ます」と告げて、結局彼とはひと言も言葉を交わさずに病室を出る。あまりの喪失感で、周囲の景色が黒く塗りつぶされたように見えた。

彼が私を思い出す保証はあるのだろうか。あったとしても、それはいつになるの？

不安だらけの心を抱えて病院を後にした私は、志門さんと暮らす家でなく、大森の実家へとタクシーで向かった。志門さんのいない新居では私がひとりになってしまうと心配した兄に、昨夜そう勧められていたのだ。

「おかえりなさい、瑠璃」

「ただいま」

実家では、私のために仕事を休んだ母が、玄関で出迎えてくれた。家を出てまだ一週間も経っていないのに、懐かしくてホッとして、私は思わず涙ぐむ。

「お昼まだよね？　作っておいたから、一緒に食べましょう」

「うん、ありがとう」

手を洗ってダイニングに移動すると、母お手製の親子丼がテーブルの上で湯気を立てていた。

我が家のキッチンは車椅子に適した構造にはなっておらず使い勝手が悪いのだが、母は昔から不満ひとつ言わず、いつもおいしい料理を作ってくれる。

……お母さんは、どうしてそんなに強い人なのかな。

「いただきます」

どんぶりを持つと、胸のすく三つ葉の香りがふわりと鼻腔をくすぐった。箸を手に取り、ふわふわの卵と鶏肉、ご飯を一気にすくい、口に運ぶ。

「……おいしい」

ぽつりとつぶやくと、それをきっかけにしたように、目からぽろぽろと涙がこぼれた。そんな私に母はなにも聞かず、ただ優しい眼差しで見守ってくれている。

私はテーブルの上にあったティッシュで涙を拭い、ついでに鼻もかんでから、今の志門さんの状態について母に伝える。

「志門さん、ね……」

「うん」

「……忘れちゃったの。私のこと」

「えっ？」

いざ口にするとますます切なくなり、嗚咽《おえつ》を漏らしながら私は続ける。

「脳はなんともないのに、記憶障害が起きていて……私のことだけ、覚えていないの」

今朝一度顔を合わせた時、彼の中で私たちの出会いはなかったことになっているのだと、戸惑いに揺れる薄茶色の瞳が物語っていた。

ウィーンでも東京でも、いつも彼は私を見つけてくれたのに……今はすぐ目の前にいても、彼は私を見つけられないのだ。

一番つらいのは彼自身だと頭ではわかっていても、弱音を吐かずにはいられない。

「この先、どうすればいいんだろう……？　結婚も、赤ちゃんのことも」

途方に暮れて嘆く私に、母は優しく問いかける。

「瑠璃はどうしたいの？　自分を忘れてしまった薄情な彼とは、お別れしたいの？」

私は少し間を置いて、ふるふる首を振った。

志門さん本人から〝別れよう〟と言われたら考えなければいけないとは思うが、自分から別れたいとはまったく思っていない。

「じゃあ、今、瑠璃が一番望むことはなに?」

「今すぐ志門さんが私を思い出してくれて……全部もと通りになること」

それは魔法使いでもいない限り叶わない願いだと、自分でもわかっている。でも、母は否定することなくうんうんとうなずいて、共感を示してくれた。

「そっか。そうよね。でも、それが叶わないとしたら、瑠璃はどんなふうに彼のそばにいたい?」

どんなふうに? 私はその時初めて、記憶を失ったままの志門さんと生活することを思い描いてみる。

きっとぎこちない毎日だろう。でも、志門さんは基本的に優しい人だ。おそらく互いに気を使いながら、なんとか生活はできると思う。

生活は、できるけど……それだけじゃ、あまりに切ない。できることならもう一度……彼に愛してもらいたい。

そのために、私はなにができるだろう。

「彼が嫌がらなければ……私たちが今まで過ごした日々のこと、聞かせてあげたいな。一緒に見たもの、食べたもの。彼が私にくれた言葉……そういうの、全部」

話したところで彼の記憶が戻るわけじゃないけど……私はあなたにいつも幸せをも

らっていたんだって、伝えたい。

「うん。いいと思うわ。きっと、すぐに彼の記憶が戻るってことはないのかもしれないけど、ゆっくりゆっくり、瑠璃が手伝ってあげればいいのよ。彼が自分を見つける作業を」

「お母さん……」

そっか……。いつもは彼に見つけてもらうのを待つばかりだったけれど、今度は、私が彼を見つけてあげる番なんだ。

自分の役割を見つけた私は少し心が救われたような気がして、母に笑顔でうなずいてみせた。

それから気を取り直して、食べかけだった親子丼を頬張る。

懐かしくて優しい母の味にまた涙があふれたけれど、私は気にせずぱくぱく食べ進め、記憶を失った志門さんと正面から向き合うための英気を養った。

クリスマスプレゼント――side志門

神谷瑠璃。まだ大学四年生なのだという彼女は俺の婚約者で、現在妊娠五カ月なのだという。しかし、どうしてそんなことになっているのか、俺にはまったく理解できなかった。

俺の記憶は九月の初めで途切れていて、覚えている最後の記憶は、ウィーンに向かう飛行機のファーストクラス。ひどく憂鬱な気分を抱えながら、窓の外を眺めていたことだ。

ただの旅行ならばよかったが、現地に住む祖父母のお節介によって開催される仮面舞踏会で、結婚相手を見つけるよう急かされていた。

名門ハプスブルク家の血を引いている祖母は、その血を絶やしてはならないという使命感のようなものがあり、たったひとりの孫である俺をなんとか結婚させ、子をもうけさせなければと躍起になっていたらしい。

しかし、顔もわからない相手とひと晩踊ったくらいで、その場ですぐ結婚したいとなるはずがないだろう。俺はそんな冷めた思いで、嫌々ウィーンに向かっていたはずなのだが……。

どこがどうなって、十歳も年下の女性を見初め、しかも出会ってすぐに妊娠させるなどという展開になったのか。いくら考えても、俺の知りたい記憶のページは真っ白で、困惑するばかり。

しかし、この記憶の空白は入院を続けていても改善する望みは薄いらしく、搬送されてから六日、頭に帽子のように巻かれていた包帯が鉢巻レベルになったところで、俺は退院することになった。

今後も経過観察のために何度か通院しなければならないが、とりあえず通常通りの仕事に戻れると安堵した。

明日から復帰すると職場に連絡し、病院の個室で荷物をまとめていると、ドアがノックされ、婚約者の瑠璃が無邪気な顔を覗かせた。

「退院、おめでとうございます」

「……ありがとう、来てくれたんだね。ひとりで帰れると言ったのに」

「志門さんの顔が早く見たかったですから。家で待っているだけでは退屈ですし」

屈託なく笑う瑠璃がまぶしくて、俺はつい目をそらしてしまう。

意識を取り戻してから初めて顔を合わせた時、俺はつい彼女に『誰？』と失礼な発言をしてしまった。

その時はショックを受けていたように見えたのだが、彼女は翌日から連日見舞いに訪れ、俺の失った記憶を埋めるように、いろいろな話を聞かせてくれた。

しかし、彼女の話を聞いても自分自身では覚えがないので、他人事のように『そんなことがあったのか……』としか思えず、それがひどくうしろめたかった。

「帰りましょう？　私たちの家に」

瑠璃がそう言って、俺の手を軽く握る。

婚約者である彼女とはつい最近一緒に暮らし始めたらしいが、彼女は俺がこんな状態でも今まで通りの生活に戻ろうとしているらしい。

「つらくないの？　こんなふうになった俺と一緒にいて……」

「全然。志門さんが無事でいてくれて、こうして一緒にいられるだけでうれしいです」

「瑠璃……」

彼女にとって、今の俺はきっとこれまでとは別人になってしまっている。つらくないわけがないのに……。

気丈に振る舞うけなげな彼女の姿に胸がきゅっとつねられて、記憶を失ってから初めて、俺は思った。

彼女を想っていた時の感情は、まだよみがえらない。だけどきっと、俺がこの子を愛していたというのは、紛れもない事実なのだろうと。

「わかった。……帰ろう。一緒に」

そう言って小さな手をぎゅっと握り返すと、瑠璃はふわっとやわらかく微笑んで、再び俺の胸に小さな甘い痛みを呼び起こすのだった。


タクシーで自宅に戻ると、リビングには見たことのない巨大クリスマスツリーが飾られていた。

「志門さんが、私を喜ばせるために用意してくれたんです。飾りつけも全部ひとりでやってくれたんですよ」

「俺が……？」

クリスマスなど、毎年とくに意識することなく終わっていた行事だが、今年はそうではなかったらしい。俺はいったい、彼女とどんなクリスマスを過ごすつもりだったんだろう。

……そういえば、今日じゃないか？　クリスマスイブ。

俺は、穏やかな目でツリーを見つめる瑠璃の横顔に、思わず謝った。

「……ごめん。こんなクリスマスになってしまって」

「そんな、謝らないでください！　こうして家に帰ってこられて、ふたりで過ごせるだけで十分ですから」

優しくそう言われると、ますます申し訳ない。彼女のためにこんなに立派なツリーを飾っていた俺のことだ。クリスマスにも、なにか気の利いたデートを用意していたに違いないが……今の俺にはなんのアイデアもない。なにかできることはないか？

「そうだ、ケーキを買ってこようか。大きなホールケーキ。少しはクリスマスらしい気分になる」

「志門さん……。でも、予約もなしに当日いきなり大きなケーキを売ってくれるお店なんて……」

瑠璃はそう言いかけて、ハッとしたように目を大きく見開いた。どうやら思いあたる店があったらしい。

「あります！　行きましょう！」

「行くってどこへ？」

「私のバイト先の洋菓子店です。今、わけあってケーキがたくさん売れ残っていると思うので……」

瑠璃の表情が暗く陰った。そういえば、瑠璃は自由が丘の洋菓子店でアルバイトをしていると言っていたな。しかし、このかき入れ時にケーキが多く売れ残っているとは、どんな事情を抱えているのだろう。

頭の中に疑問符を浮かべつつも、俺は車を出し助手席に瑠璃を乗せ、自由が丘のエリーザという店を目指した。


小ぢんまりとした店のドアを瑠璃とふたりでくぐると、たしかに店内にはほかの客の姿が見あたらず、ショーケースのケーキもあまり減っていなかった。

カウンターに立っていた店員の女性も、どこか無気力な様子で「いらっしゃいま――」と言いかけたが、俺と瑠璃の姿を見るなり目を丸くして固まった。

「こんにちは、上尾さん」

「瑠璃ちゃん！　それに、旦那様も！　やだもう、心配してたのよ～！」

上尾さんと呼ばれた女性はカウンターから出てきて、瑠璃に駆け寄りぎゅっと手を握る。そしてちらりと俺の顔を見上げると、衝撃を受けたように口もとを手で覆ってつぶやいた。

「話には聞いてたけど、実物は想像の何百倍もイケメンだわ……。瑠璃ちゃんってば、どうせお店が暇だろうからって、自慢の旦那様を見せびらかしにきたのね？」

「いえいえ、今日は純粋に、クリスマスケーキを買いにきたんです」

瑠璃が照れながら言ったその時、カウンターの奥に見える扉が開いて、店のスタッフと思われる男性がひとり現れた。

「あっ、世良さん！　ほら、瑠璃ちゃんの旦那様ですよ！」

目が合ったので小さく会釈すると、彼は気まずそうに頭を下げて、俺の頭に巻かれた包帯を見つめた。

「……大丈夫なんですか、その怪我は」

「あ、ええ。見た目ほどの傷ではないんです。……問題は中身の方で」

自嘲気味にそうこぼすと、瑠璃が俺にそっと寄り添い、店のふたりに説明する。

「今、彼には……私と出会ってからの記憶が、丸ごとないんです」

「えっ」

「どういうことだ……？」

ふたりは怪訝そうに顔を見合わせた。その後、世良という男性の方が「詳しく話を」と言って、俺と瑠璃を店の裏にある休憩室へと促した。

小さな部屋に入ると、俺と瑠璃は隣り合って座り、その向かい側に世良が腰を下ろす。そして瑠璃が俺の現在の状態やそこに至る一連の経緯を説明すると、険しく眉根を寄せた世良が俺たちに問いかける。

「つまり、あの女が神谷たちを……？　警察には連絡してあるのか？」

「友里恵は……俺の入院中にすでに逮捕され、容疑を認めていると聞いています」

友人だと思っていたのは俺の方だけで、彼女はずっと俺に恋愛感情を抱いていたそうだ。

だから、瑠璃という婚約者の存在が認められず、やり場のない憎しみをぶつけるようにして犯行に及んでしまったらしい。

事件当日の記憶を失っている俺には、にわかに信じがたい衝撃の事実だった。

あの頭のいい友里恵が、どうしてそこまで……。

「神谷のことは忘れているくせに、あのろくでもない女に関しては覚えているのか」

不意に、向かい側から尖った声が飛んでくる。目線を上げると、世良の鋭い視線が俺を突き刺していた。

「世良さん、志門さんと彼女は古くからの付き合いなので……」

「だとしても、どうして神谷のことだけ忘れるんだ。むしろ、なにを差し置いても、彼女のことだけは覚えていなければおかしいだろう……！」

唸るように言った世良が、拳でドンッ、とテーブルを叩く。感情をむき出しにしたその態度から、俺はもしやと思って彼に尋ねる。

「違っていたらすみません。でももしかして、あなたは瑠璃のことを……?」

「……だとしたら、どうする?」

ざわ、と心が不穏に波立ち、思わず世良に対して対抗意識のようなものを覚えた。彼も中途半端な気持ちで瑠璃を想っているわけではなさそうだが……だからといって彼女を譲ることなどできない。

本能的にそう思った俺は、強い眼差しで彼を見据え、断言する。

「申し訳ないが、彼女のことだけは渡せません。俺が必ず幸せにします」

世良は一瞬、ひるんだように瞳を揺らした。かと思うと、次の瞬間にはテーブルに身を乗り出して俺の胸ぐらを掴み、拳を振り上げていた。

「世良さん、やめて……!」

瑠璃の悲鳴のような声を無視し、世良はそのまま俺の顔を殴った。ガタン!と大きな音を立て、俺は椅子ごと床に倒れ込む。口の中が切れたのか、不快な鉄の味を舌に感じた。

「志門さん……!」

瑠璃が即座に駆け寄ってきて、俺の体を支えてくれる。彼女のそのけなげさに胸が締めつけられ、やはり俺には彼女の存在が必要なのだと再確認する。

「……今言ったこと、本気だろうな」

世良が肩で息をしながら、低い声で俺に問いかける。俺は瑠璃の手を借りて立ち上がり、正面から彼と向き合って答えた。

「ええ。一発いただいたおかげで、自分の気持ちにますます確信が持てました」

「……わかった。もういい、俺の負けだ」

世良は肩を落としてそう言い残すと、ガチャッと荒々しくドアを開け、休憩室を出ていった。瑠璃とふたりきりになると、彼女は俺を椅子に座らせて正面に立ち、ハンカチを出して俺の顔を覗き込む。

「世良さん、まさか殴るなんて……。ここ、血が出てます」

切れた口の端にハンカチをあてられると、鋭い痛みが走って思わず顔をしかめた。

「痛っ……」

「ご、ごめんなさい」

「いや、いいんだ。こんな傷、瑠璃の胸の痛みに比べたらたいしたことはない」

「志門さん……」

「でも、さっき言ったことは本心だ。俺は絶対、きみを幸せにする」

俺は瑠璃の頬に手を添え、その顔をまっすぐ覗き込む。切なげに潤んだ瞳と視線が絡み、俺は吸い寄せられるように彼女に顔を近づけた。そして、今にも唇同士が触れ合いそうになった瞬間。

「瑠璃ちゃん、ケーキ――」

ガチャッと休憩室の扉が開き、大きなケーキの箱を持った上尾さんが現れた。とっさにパッと瑠璃から離れ平静を装った俺だが、心は動揺していた。

今……無意識で瑠璃にキスしようとしていた、よな？

彼女を幸せにすると宣言したとはいえ、いきなりそんな大胆な行動に出るつもりはなかったはずなのに……瑠璃を見つめていたら、体が勝手に動いてしまった。頭では忘れていても、男としての本能が彼女を覚えているのだろうか……？

自問自答する俺の胸は、ばくばくとうるさい音を立てていた。

ちらりと瑠璃の表情をうかがうと、真っ赤な顔でうつむいている。俺たちふたりの顔を見比べ、この場に流れる微妙な空気を読んだ上尾さんは、申し訳なさそうに言う。

「ごめんなさい、お邪魔しました～」

そしてまたドアを閉めようとしたが、瑠璃が慌てて彼女を引き留める。

「べ、別に邪魔なんかじゃないです……！」

「あらそう？　瑠璃ちゃんがそう言うならいいけど……。はいこれ。世良さんが渡してこいって」

彼女が気を取り直したように、瑠璃の手にケーキの箱を渡す。

「ありがとうございます。あの、お代は……？」

「世良さんがいらないって。自分で渡せばいいのに、まったくどこまで不器用なんだかね。嫉妬心やら敗北感やらで感情がぐちゃぐちゃで、つい瑠璃ちゃんの大事な旦那様を殴ってしまったって、今厨房でひとり頭を抱えて反省してるわ」

上尾さんはやれやれといった感じで苦笑し、それから不意に、俺に声をかけた。

「京極さん、でしたよね？」

「……ええ」

「世良さんだけじゃなく私も、瑠璃ちゃんのことは本当に大切な同僚で、かわいい妹のように思ってるんです。だから、もう瑠璃ちゃんが悲しむ顔は見たくない。京極さん自身も大変だとは思いますけど、どうか彼女が笑顔でいられるように、ちゃんと寄り添ってあげてくださいね。……ま、さっきのふたりを見てたらそんな心配いらないかって気もしますけど」

優しい言葉の最後に、さっきのキス未遂の件を冗談っぽく付け加えた上尾さん。

「あ、上尾さん……っ」

瑠璃は頬を真っ赤にして照れていたが、俺は素直に感謝を伝えた。

「ありがとうございます。今夜はゆっくり、瑠璃と向き合おうと思います」

「それがいいわ。ふたりとも、素敵なクリスマスをね」

上尾さんに優しく見送られ、俺たちは店を後にした。近くのパーキングに停めていた車の中はすっかり冷えきっていたので、急いでエンジンをかける。

しかしすぐには暖まらず、隣で小さく震えた瑠璃の手に、そっと自分の手を重ねる。

「志門さん？」

戸惑ったように俺を見る瑠璃に、俺は変化が訪れつつある自分の気持ちをゆっくり説明した。

「隣で瑠璃が寒がっている時、前の俺ならどうしたのかはわからない。でも……ただ温めてやりたいって、そう思ったから」

どうして彼女を愛した記憶を思い出せないのかと、そればかり考えていたのではいつまでも前に進めない。それより、ふとした瞬間にこうして彼女に触れたくなったり、見つめたくなったりする、その本能的な衝動を信じてみたいのだ。もちろん、瑠璃の意思は確認しなくてはならないが。

「嫌だった？」

聞きながら顔を覗き込むと、瑠璃ははにかんで小さく首を振った。

「いえ。……うれしいです。あったかい」

その反応にホッとして、俺は彼女の指先が温まるまでしばらく車を出さずに彼女の手を握り、自分の体温を分け与えた。

スーパーに寄ってから帰宅すると、瑠璃はまず殴られた俺の口もとを手当てしてくれた。リビングのソファに並んで座り、軽く消毒して大きな絆創膏《ばんそうこう》を貼ってもらうと、その顔を見て瑠璃が苦笑する。

「せっかくのイケメンが台なしですね」

「頭には包帯、口もとには絆創膏だもんな。でも、殴ってもらえてスッキリしたよ。絶対に瑠璃を幸せにしてやるんだって、改めて決意することもできた。あの店の人たちはみんな優しいんだな」

「ですね。一番年下の私は、いつも助けてもらってばかりです」

瑠璃がそう言って笑い、使った消毒液や絆創膏の箱を棚に片づける。それからキッチンに向かおうとする彼女の背中に俺は声をかけた。

「なにか手伝うことはある？」

「ええと……じゃあ、お米を研いで、ざるに上げておいてもらえます？」

「了解」

今から作るとなるとあまり時間がないので、一品でも華やかに見えるパエリアを作ろうと、買い物をしている時にふたりで決めた。我が家にパエリア専用の鍋はないが、料理に自信のある瑠璃によると、フライパンで代用できるのだそうだ。

それにスープも添えれば、ケーキもあるし立派なクリスマスメニューになるだろう。

米を洗う俺の隣では、瑠璃が鶏肉、車海老、白身魚をひと口大に切り、塩コショウで下味をつけている。その真剣な横顔が凛々しい。

「あの……あまり見ないでもらえますか？　手もとが狂いそうなので」

「ああ、ごめん」

すぐさまパッと目をそらして自分の作業に集中すると、今度は瑠璃の方が俺をジッと見ているのに気づき、首をかしげる。

「俺、なにか間違ってる？」

「いいえ、そうじゃなくて……。以前の志門さんは、見ないでと言ったらますます見つめてくる意地悪な人だったので、今の志門さんがなんだか新鮮で」

決して悲しげなわけでなく、この状況を楽しんでいるかのような瑠璃の口ぶりに、俺も必要以上に悲観的になることなく、笑って返す。

「本当は見つめてほしかった？」

「うーん……どっちだろう。でも今の、付き合いたてでお互い探り合ってるような照れくさい感じも、悪くないなって思います」

そう言って笑いかけてくれる瑠璃の明るさがありがたい反面、無理をさせているようで胸が痛くなる。

本心では、早く私を思い出して、今までのように愛してと思っているに違いないのに……俺を気遣って、わざと平気な顔をしているのだろう。

年は十も下だが、俺なんかよりずっと優しくて芯が強い。……過去の俺は、彼女のそんなところに惹かれたのかもしれないな。

ぼんやりそんなことを思いながら、ふたりで料理を仕上げ、ダイニングテーブルの真ん中にパエリアのフライパンを置く。それだけで素晴らしいクリスマスのご馳走ができあがったように見えた。

瑠璃がパエリアと並行して作っていた、ミネストローネもおいしそうだ。

「今まで料理は食べる専門だったが、やってみると楽しいものだな」

「志門さん、お米を研いだのとサフランを手でもんだだけですけどね」

「……あれ、そうだった？」

クスクス笑い合って、乾杯する。妊娠中で酒の飲めない瑠璃同様、怪我をしている俺もグラスの中身はノンアルコールのシャンパンだ。

「一時はどうなることかと思いましたけど、志門さんと一緒にこうして楽しいクリスマスを迎えられてよかった」

瑠璃が俺の背後にあるクリスマスツリーを見つめ、幸せそうに目を細める。その顔を見ただけで、俺の胸にも温かな幸福がとくとくと満ちていく。

「ああ。俺もよかった。いきなり現れた婚約者が、瑠璃のような優しい女性で」

「志門さん……」

瑠璃はほんのり頬を赤くして恥ずかしそうにした後、それをごまかすようにニコッと微笑んで言う。

「さ、どんどん食べましょう！　せっかくのクリスマスですから！」

「うん。とくに瑠璃は、ふたり分食べないとな」

「いやでも、太りすぎてもダメなんですよ～。この間も病院で住谷先生に注意されたばかりで……」

妊娠中のこと、子どものこと、大学のこと、それから俺の知らない俺のこと。楽しい会話は尽きることなく、俺たちはおおいに笑い、心を通わせた。

そして食事が済んだ頃、エリーザでもらってきたケーキの箱を開けてみることに。

「世良さん、なにをくれたのかな……」

瑠璃がそっとふたを開けると、出てきたのは艶のあるチョコレートケーキ……ザッハートルテだった。

その表面には、ホワイトチョコレートで【Be《ビー》 happy《ハッピー》】の文字が。

「世良さん……」

「……なるほど。彼が不器用な人というのは、本当みたいだな」

その反面、同じ男として嫉妬してしまいそうなほど、度量の広い人だ。記憶をなくした俺を前にしても、その弱みに付け込んで瑠璃を奪おうなどとはしなかった。

おそらく瑠璃のことが本気で好きだからこそ、彼女の幸せがなにかを知っていて、身を引いたのだ。……俺も、彼の男気に応えなければ。

その後、切り分けたケーキをふたりで食べ、すっかり満腹になった瑠璃は眠気に襲われたのか目をトロンとさせていた。

でも、今夜はクリスマスイブという特別な夜だから……眠ってしまう前に、どうか正直な俺の気持ちを聞いてほしい。

ふたりで分担してキッチンを片づけた後、ソファでくつろぐ瑠璃の隣に腰掛けて「少し話せる？」と尋ねると、瑠璃は「もちろん」と姿勢を正した。

「病院で、意識が回復してすぐは……まさか自分に婚約者がいるなんて、しかもそのお腹には子どもまでいるなんて、信じられなかった。悪い冗談だとさえ思った。でも、瑠璃と接する時間が増えれば増えるほど、抱いていた不安や疑問は、不思議と溶けてなくなっていった。瑠璃と一緒にいる時間は、とても安らいで心地いいから」

「志門さん……」

「だからといって、以前の俺に戻れる保証はない。記憶がいつ戻るのか、見当もつかない。瑠璃が本当に望んでいる俺の姿には、このまま一生なれないのかもしれない。……でも」

俺は彼女の膝に置かれた小さな両手を握り、瞳をまっすぐ見つめて語りかける。

「俺は今、きみに二度目の恋をしているよ。前と同じようにとはいかないかもしれないが、惜しみなく愛情を注ぎたいと思ってる。それだけは、わかってほしい」

瑠璃の目が一度大きく見開かれ、見る見るうちに涙目になる。そして、瞬きしただけでこぼれそうなほどいっぱいに涙をためたその目で俺を見つめ、震える声で言った。

「私が望む志門さんは……今のあなたです。私とお腹の子を守って、大怪我をして、記憶まで失ったのに、なお私を愛そうとしてくれる、優しいあなたです」

「瑠璃……」

俺はあふれる感情のままに、彼女をきつく抱きしめた。そして、俺の胸でしゃくり上げる彼女があまりに愛しくて、そっと体を離すと、小さな顎を掴んで引き寄せる。

「ごめん。……プレゼント、こんなものしかあげられなくて」

息のかかる距離でつぶやいて、互いの唇を合わせた。やわらかく甘い感触が、ますます俺の胸を切なく締めつける。数秒重なったのち自然と唇が離れると、瑠璃が泣き笑いを浮かべて言った。

「最高のプレゼントです……。ありがとう、志門さん」

俺は微笑みを返し、再び彼女を抱き寄せた。しかし、じっくり彼女の温もりに酔いしれる暇もなく、突然ガバッと体を離した瑠璃が、目を見開いて俺を見る。

「い……今、動きました！」

「動いたって……？」

「赤ちゃん！　初めてなんです、胎動を感じたの！」

「本当か……！」

　俺も思わず興奮して、瑠璃のお腹に手のひらで触れる。しばらくはなんの動きもなかったのだが、根気よく待っていると、やがて内側から〝ここにいるよ〟と伝えてくるような、優しい衝撃を感じた。

「……生きているんだな、ちゃんと」

「きっと、この子からのクリスマスプレゼントですね」

「そうだな。……あ、あれに記入しておかないと」

　俺はそう言うと二階に上がり、書斎に置いてあったビジネスバッグの中から小さな手帳を出して瑠璃のもとへ戻る。

「志門さん、そのパパ手帳……覚えていたんですか？」

「いや、覚えていたわけじゃない。入院中にバッグに入っているのを見つけて、中を読んで……その時は、こんなふうに愛情たっぷりに、子どものことを記録し続けていく自信がなくて、すぐ閉じてしまったんだ」

　でも、今またそれを開いてみたくなった。今の自分の素直な言葉で、我が子が育っていく喜びを、記録したくなった。

「今日から再開するよ。さっきの感触を忘れないうちに」

俺はボールペンを握り、さっそく文章を書き始める。

【十二月二十四日、火曜日。初めての胎動を感じる。クリスマスイブという特別な夜に、きみの生命力を感じてうれしくなった。俺は未熟な父親だが、きみとママを守りたい気持ちだけは誰にも負けない。だから、今は安心してすくすく育ってほしい】

「やっぱり……志門さんは志門さんです」

手帳の文字を読んだ瑠璃が、穏やかな声でしみじみつぶやく。

「どういう意味？」

「もし、ここにいるのが記憶をなくしてない志門さんだったとしても。初めての胎動を感じた時、同じことを書きそうだなって思って」

「……そうかな」

「そうですよ、絶対」

瑠璃は自信たっぷりにうなずき、手帳をうれしそうに何度も読み返していた。

その夜は、瑠璃とベッドの中で寄り添い、手をつないで眠った。

入院中は記憶が戻らない不安でまともに眠れない日が多かったのだが、瑠璃がそばにいると不思議と心が満たされて、安らかに眠ることができるのだった。

やっと、見つけた

クリスマスイブにお互いの気持ちを再確認し合ってからは、平穏な日々だった。

彼は入院して仕事を休んでいたこともあり、年末までは多忙だったけれど、二十八日の土曜日から翌年五日までは長いお休みをもらうことができた。

ずっと心配していたエリーザの客足も、クリスマス後から少しずつ回復し、あと少しで通常通りの賑わいを取り戻しそうなところ。

私も無理をしない程度に仕事に入り、だんだんと大きくなってきたお腹に気づいた常連さんに『あら、おめでた?』と声をかけてもらったりと、忙しい中でも楽しく働いていた。

「ほら見ろ、真摯においしい菓子を作っていれば、噂なんて勝手に消えるんだ」

大晦日と元日はエリーザもお休みになるので、三十日の今日は今年最後の勤務。すっかり活気を取り戻した店内で、ケーキを補充しにきた世良さんが、カウンターに立つ私と上尾さんに得意げに言った。

「いくらドヤッても、恋には敗れましたけどね」

「……それを言うな。こう見えてまだ立ち直ってないんだから」

すかさず上尾さんに突っ込まれた世良さんは、肩を落としてすごすごと厨房に戻っていった。

私のせいだよね、と申し訳なく思いつつその姿を見送っていると、上尾さんが私の顔を覗く。

「今日は旦那様のお迎え？」

「はい。私は電車でもかまわないんですけど、彼がお休みの日は送り迎えするって言い張って」

「よかったね、旦那様とラブラブに戻れて」

「はい」

気恥ずかしさを感じつつも、素直にうなずいた。ただ、ラブラブ、というのは語弊があるかもしれない。

志門さんが記憶を失う前に比べたら、彼と私の間にはまだお互いに遠慮がある。志門さんは私の手を握るのにも『いいかな？』と許可を求めるし、キスも、ごく軽いものだけしか交わさない。

そんな穏やかなスキンシップでも幸せは幸せなのだが、時々物足りなく思ってしまう自分がいる。たまには、以前のように激しく求められたいな……って。もちろん、口には出さないけれど。


「瑠璃、これ見て」

「わぁ、かわいい……！　ファーストシューズですね。肌触りもよさそう」

バイトから帰って、食事も入浴も済ませた後。私は寝室のベッドの上で、志門さんと一緒にノートパソコンの画面を覗いていた。最近、寝る前のくつろぎタイムに、ふたりでベビー用品のネット通販をチェックするのが共通の楽しみなのだ。

「ぜひ購入したいんだが、色が五色ある」

「ちょっと早くないですか？　まだ性別もわかってないんですから」

「そうか……。じゃ、こっちの食器セットは？」

「それもやっぱり、性別によってピンクか青かを決めたくないですか？」

そう指摘すると、志門さんはしょんぼりしてため息をつく。我が子の誕生が待ち遠しすぎて若干空回り気味の彼が、なんだかかわいいな。

私はちょっとした出来心で、また別のベビー用品のサイトをぼんやり見始める彼の頬に、自分からキスをしてみた。志門さんは微笑みながら私の方を振り向き「どうしたの？」と尋ねる。

「いえ……とくに深い意味はありません」

欲求不満がばれたら恥ずかしすぎるのでそう言って軽く笑うと、彼はパソコンをパタンと閉じてサイドテーブルに置いた。

そして、静かに私を見つめながら、布団の上にある私の手を包み込むように握って、ぽつりとつぶやく。

「……少し、怖いんだ」

「えっ？」

怖い……？　いったい、どういう意味だろう。

「こうして一緒のベッドで寝ていて、正直毎日のようにきみが欲しくなっているよ。……でも、いざきみを抱いた時に、〝前の俺と違う〟と思われたらどうしようって。いくら記憶をなくしたままの俺を優しく受け入れてくれた瑠璃でも、肌を重ねた時に違和感があったら、心が離れてしまわないかって、不安で……だから、いろいろと自制していた」

「志門さん……」

全然知らなかった。志門さんがそんな葛藤をしていたなんて。私はただ、その気にならないのだとばかり……。

「でも、肝心の瑠璃の気持ちを聞いていなかったって、今気づいた。そのせいで、もし寂しい思いをさせていたならごめん。……瑠璃さえよければ、きみを抱きたい。それが俺の本音だよ」

彼に優しく語りかけられ、私も正直な気持ちを伝える勇気が出た。彼の目をまっすぐ見つめ返し、言葉を紡ぐ。

「私、イブの夜に言いましたよね。〝私が望む志門さんは、今のあなたです〟って。私は、今の志門さんに触れてほしいんです。そしていっぱい、愛してほしい」

「瑠璃……」

握り合っていた手の温度が上がり、彼の瞳には、欲情の炎が揺らめく。視線を絡ませたまま徐々にふたりの距離は縮まり、志門さんは少し乱暴に私の唇を塞いだ。

「ん、っ」

キスをしながらベッドに倒されて、一つひとつパジャマのボタンをはずされる。大きな手に素肌の胸をまさぐられると、私の体はすぐに敏感な反応を示した。

志門さんは無意識だろうが、そのやり方は以前の彼とよく似ていて、違和感を覚えるどころか、まるでその逆。

「ダメ、それ以上、は」

「嘘つきだな瑠璃は。……体はこんなに喜んでいるのに」

過去の彼を彷彿とさせるその意地悪なセリフに、全身の肌が粟立つほどの快感が走った。

……私はこんなに覚えているのに、あなたにとっては初めてと同じなんだよね。体をつなげることで、私の持っている記憶をあなたに転送できる仕組みならいいのにね。

彼が記憶を失ってから初めて体を重ねたその夜、私は切なさと幸福の狭間でもがきながら、一生懸命彼と抱き合った。


やがて冬が終わり春が来ても、志門さんの記憶は戻らなかった。しかし、私たちは順調に愛を育み、赤ちゃんを迎える準備を着々と進めながら、桜の咲く頃に入籍を済ませた。

そして、出産予定日より三日遅れた、五月三十日の夜――。

「おめでとうございます。元気な男の子ですよ」

健診に通っていた住谷先生の産婦人科で、私は無事に男の子を出産した。生まれた瞬間、小さな体で精いっぱいの産声を響かせた、元気いっぱいの赤ちゃんだった。

瞳は彼に似た色素の薄い茶色で、髪の色は黒。ふたりの遺伝子をちょうど分け合ったような容姿は、親ばかかもしれないが、天使のようにかわいかった。

「ああ……やっと会えたな、翔音《しょおん》」

出産に立ち会った志門さんは、タオルにくるまれた我が子と対面すると、感極まって目を真っ赤にしていた。

翔音という名は、いずれ京極建設を継ぐ者として世界へ羽ばたいた時、海外の人々にも発音しやすい名前にしようと、ふたりで相談して決めた。

とくにウィーンのお祖母様が気に入ってくれているらしく、先日電話で話した際も『ショーンに早く会いたいわ』と、ひ孫の誕生を今か今かと楽しみにしてくれていた。

でも、ひと足先に、日本にいる家族に翔音をお披露目だ。

「ほら翔音、おじちゃんだぞ～！　会社から、お祝いのおもちゃいっぱいもらったからな～」

出産翌日、午前中からさっそくお見舞いに来てくれた母と兄が、壁がガラス張りになっている新生児室を覗いた。兄の目尻はだらしなく下がり、かわいい甥っ子に釘付けになっている。

「お腹とか、傷の痛みは平気?」

「うん。トイレはやっぱりちょっと怖いけど……思っていたほどではないかな」

「あとは退院前の抜糸に耐えないとね」

「それ、言わないで〜！　かなり恐怖感じてるんだから」

出産を二度経験している母とそんな会話をしていると、母が不意に、ガラス越しの翔音を見つめながらつぶやく。

「ありがとうね、瑠璃」

「えっ?　どうしたの改まって」

「瑠璃や浩介が生まれて胸に抱いた時、なんとも言えない幸せに包まれた。あの時の喜びをまた体感できるなんて、本当に幸せだわ。お父さんにも抱かせてあげたかったわね……」

「うん……」

涙ぐむ母に寄り添い、静かにうなずいた。

でもきっと、父は天国から私たちを見守ってくれている。初孫の誕生も、母と同じくらい喜んでくれているはずだ。

ふたりでしみじみしていたら、ガラスの向こうで翔音がむずかり、やがて力いっぱい泣き始めた。

「あっ、翔音が泣きだした。そろそろ授乳の時間なんじゃないの？」

「本当だ。さっきの授乳からもう三時間経ったんだ……。お母さんって本当に忙しい。目が回りそう」

「大丈夫よ、瑠璃なら。なんたって、私の自慢の娘なんだから」

活を入れるようにバシッと背中を叩かれて、私は力強くうなずいた。

母のように強くて優しい母親になれるように、がんばらないと。私は涙を拭い、新生児室の翔音のもとへ急いだ。

子育てというのは想像していた以上に大変で、出産後の一年は壮絶だった。

中でも大変だったのが、寝不足とホルモンバランスの崩れから自分の情緒が不安定になってしまうこと。

志門さんが出張でいない日の夜には不安で涙が出るし、かといって彼が家にいるとわけもなくイライラするし……自分で自分が嫌になった。

それでも翔音は、私が泣いているそばで「んー、ま」と平和に喃語でおしゃべりしたり、ふとした時にニコッと微笑んでは私を癒やしてくれたり。そのかわいさに元気をもらって、試行錯誤しながら徐々に子育てに慣れていくことができた。

そして、翔音が一歳を過ぎ、卒乳も完了した頃。

そろそろ一緒に飛行機に乗れるだろうと、家族三人で、志門さんのお祖父様とお祖母様の住むウィーンを訪れることになった。志門さんと出会ったのとちょうど同じ、九月のことだ。

彼らの住まいは郊外にある大きな一軒家で、お祖父様がすべて設計したのだそう。見た目は洋風だが、至る所に宮大工であったお祖父様の技術が光る、特別な家なのだという。

木の温もりがあふれるリビングでお茶をいただきながら、立派な口ひげをたくわえたお祖父様が、家について話しだす。

「この家を建てる時、エリーザがいろいろとワガママだから苦労したよ」

「よく言うわ。〝きみのためならどんな家だって建ててやる〟と、最初にカッコつけたのはあなたよ」

志門さんと同じ、美しい薄茶色の瞳をしたお祖母様がツンとして反論する。

「ああ、そうだったな。でも仕方ないだろう、あのパティシエに負けないようにと必死だったんだ」

志門さんから聞かされていた通り、彼らは自分たちが出会った頃の話をするのが大好きなようだ。だけど、〝エリーザ〟に〝パティシエ〟って、これは単なる偶然なのだろうか。

膝に翔音を抱っこしながら、私は思わず口を挟んでいた。

「あの、今はお休みしているんですけど、私がずっと働かせてもらっている洋菓子店……エリーザって名前なんです。偶然ですね」

するとお祖父様とお祖母様は顔を見合わせ、お祖母様が悪戯っぽく瞳を輝かせて言った。

「それはきっと、あの人の弟子が開いた店ね。まさか、ルリがそこで働いているなんて……なんだか運命的だわ」

「ああ。そういえば、ヤツは十年ほど前に日本人の弟子を取っていたな」

日本人の弟子……。私はまさかと思いつつも、よく知る身近な人物の顔を思い浮かべる。

「そうそう。それでその弟子に、日本で店を開くときには、自分が恋焦がれ、とうとう手に入れられなかった女性の名前を使ってくれと頼んだそうよ。今でも彼の作るトルテと紅茶でたまに三人でお茶をするんだけど、その時に聞いたの」

「弟子の名前は……うーん、なんだったかな」

じっと考え込むお祖父様だけど、彼らに聞かなくてもその名前はわかる気がした。

志門さんも同じことを考えていたようで、自然と目が合った私たちは、ふたりでこっそり驚きを共有する。

「絶対に世良さんのことですよね」

「ああ。まさか、あの店のエリーザという名が、祖母に由来したものだったとは……」

そういえば、時々上尾さんが、彼について『師匠と同じく不器用』みたいなことを言っていた。私より長く勤めている上尾さんはきっと、彼のウィーンでの修業時代の話を聞いたことがあったんだろうな。

もしかして、今後世良さんが弟子を取ることがあったら、その弟子がひとり立ちするとき『Ruri《ルリ》』なんて名前の洋菓子屋さんが誕生したりして……？　なんて、そんなわけないか。

不思議な縁を感じながら楽しいお茶の時間を過ごした後、私たちは翔音をお祖父様たちと、家に仕えているお手伝いさんに預けて、ふたりで出かけることになっていた。

行き先は、思い出のホーフブルク宮殿。そこでなんと、私たちのために、仮面舞踏会が開催されるのだ。お祖母様のひと声で大統領から許可をもらい、京極家の名でホールを貸し切りにしているそう。

私たちのほかにも現地のカップルが自由参加できることになっているらしく、久しぶりに子育てから離れて恋人気分を味わってきなさいと、お祖母様が気を利かせてくれた。

着替えに使ってと案内された客間に移動すると、事前に送っておいたドレスがハンガーにかけられ、靴やマスクもきちんと準備されていた。志門さんとの出会いの日に着た、思い出の衣装たちだ。

出産で体形が変わっていないか心配しながら姿見の前でドレスを合わせていると、コンコン、とドアがノックされて、「はーい」と返事をする。

志門さんかな？と思いつつ、いったんドレスをベッドに置いてドアを開けると、そこには意外な人物の姿が。

「久しぶりね、ルリ」

「ソフィー⁉　どうしてここに……！」

驚愕して口をパクパクさせていると、ソフィーがなめらかに車椅子を操作して部屋に入ってくる。そして、いまだドアのそばに立ったままの私を振り返り、悪戯っぽく笑って告げる。

「前に話したわよね。日本人の旦那様と結婚した友達がいるって」

「もしかして、その友達って……」

「そう。エリーザのことよ」

なんという不思議な巡り合わせだろう。ウィーンと日本、そして私と志門さんをつなぐ縁が、こんなところにもつながっていたなんて。ソフィーが日本語を話せる理由にも、改めて納得した。

「私もエリーザから話を聞いてびっくりしたわ。あの時ドレスを選んだ女の子が彼女の孫と結婚して、まさかひ孫まで生まれていたなんて。でも、とても素敵な偶然よね」

「ええ、とっても」

ジーンとしながらうなずくと、ソフィーはさっそくドレスのそばまで行って、張りきった様子で言う。

「さぁ、変身しましょう。あの夜と同じお姫様に。私も手伝うわ」

「はい！」

あの時ひと目惚れしたグレイッシュピンクのロングイブニングドレスは、幸い私の体にまだフィットしてくれた。

もともと私服はカジュアルだし、翔音を産んでからはさらに女性らしいファッションからは遠ざかっていたので、久々にドレスをまとうとなんだかドキドキする。

志門さん、気に入ってくれるかな……。

胸を高鳴らせつつドレスアップが完了し、ソフィーの協力でメイクと髪もすっかりパーティー仕様になった。その時ちょうどドアがノックされ、「瑠璃、支度は済んだ？」と尋ねる志門さんの声がした。

ドレス姿を彼に見せるのが気恥ずかしくて、まだ舞踏会には早いのに、私は思わず目もとを隠すマスクをつけた。ソフィーはそんな私にクスッと笑みをこぼして言う。

「じゃ、邪魔者は退散するわね。ルリ、どうか素敵な夜を」

「ありがとう、ソフィー」

ソフィーがドアを開けて出ていくと、入れ替わるようにして志門さんが入ってきた。

長身に映えるブラックのタキシードが、いつにも増して彼を王子様のように見せていて、まぶしいくらいだ。

だけど、私の方は彼の目にどう映っているのかな……？

おずおずと、マスク越しに彼の表情をうかがったその時だ。

私をとらえる薄茶色の瞳が大きく見開かれ、彼は息をのんで沈黙する。そして数秒ののち、彼の瞳からひと筋の涙がゆっくり頬を伝って流れ落ちた。

「志門さん？」

どうして、涙なんて……。呆然と立ち尽くす私の耳に、彼のつぶやきが聞こえる。

「そう、あの夜……。ホールには大勢の人がいたのに、きみだけが輝いて見えたんだ。仮面をつけていても、すぐにわかった」

「えっ……？」

それって、初めて出会った日のことを言っているの……？

まさか、彼、記憶が――。

「……やっと、見つけた」

私の思いを肯定するかのように、彼は涙を浮かべたままでそう言った。それからこらえきれなくなったように駆け寄ってきて、ぎゅっと私を抱きしめる。

「ごめん、瑠璃……長い間、待たせてしまったな」

悲痛な声が耳もとで震え、私の視界もあふれんばかりの涙で揺らめいた。

あの事件から、もう少しで二年が経つ。それでも一向に戻らない彼の記憶について、最近ではあまり考えないようにしていた。

出会いの頃の、たった数カ月の記憶がないだけ。それを思い出せなくたって、志門さんは私や翔音を愛してくれているんだから、いいじゃない。大切なのは過去より未来でしょって、自分に言い聞かせて。

それで納得していたつもりだったけれど、心の底では望んでいたのだ。いつの日か、こうしてすべてを思い出してもらう日がくるのを。

「私たちが、最初に会ったのはどこですか……？」

「ウィーン国際空港」

「一緒に食べたケーキは？」

「ザッハートルテ。ホテルのカフェでね」

「二度目のデートの場所は？」

「六本木の美術館で、絵本の展示を見た。翔音へのプレゼントを二冊買って、瑠璃を初めて自宅に招いた」

なにを聞いても完璧な答えが返ってくるのがうれしくて、質問攻めにしてしまう。けれど彼はその一つひとつに丁寧に答えて、一緒に思い出をなぞってくれた。

志門さん、あなたは本当に、私をもう一度見つけてくれたんですね——。

そんな思いで彼を見つめると、彼もまた愛しげに私を見つめ返し、どちらからともなく、引き合うように唇を合わせる。互いの涙の味が溶けたキスが、心に優しく沁みわたった。

その後、私たちは客間のベッドに並んで腰かけ、私は志門さんが取り戻した記憶にゆっくり耳を傾けた。

「福岡出張に出かける日の朝、瑠璃に『昨夜どこへいたんですか』と聞かれただろう？　とっくに勘づいていたかもしれないが、あの夜は友里恵に呼び出されていたんだ。そこで、瑠璃とエリーザの店主が付き合っているのではないかという疑惑写真を見せられた」

「写真……？」

しかも〝疑惑〟って……いったいそこにはなにが写っていたというの？

「ああ。暗くて鮮明ではなかったが、それでも瑠璃が世良に抱きしめられているのが写っていた」

「あっ、もしかしてあの時の……！　でも、そんなんじゃありません！」

たしかに世良さんに抱きしめられた覚えはあるが、付き合っている事実なんてない。

そんな写真があるということは、友里恵さん、あの日店を去った後も私を監視していたんだ……。

「わかっているよ。きっと、彼が一方的に瑠璃を抱きしめたんだろう。友里恵にもそんな反応を返したんだが、彼女はますます意地になってしまってね。『瑠璃さんの妊娠はあのパティシエと一緒に企てた計画的なものだから、騙《だま》されちゃダメ。結婚なんてしたら彼女の思うつぼよ』って、ものすごい剣幕で言い聞かされた」

「きっと、友里恵さん自身がそう思いたかったんですね……」

「ああ。でも、その時はただ、どうして俺の大切な人を貶めるような嘘を俺に教えるのかと、悲しくなったよ。それと、あんな写真を撮らせた世良は許せないと思った。俺という婚約者がいると知りながら瑠璃に手を出したのは事実だし……出張から帰ったら、一発殴ってやろうかとも考えていた」

あの朝、寝言のように『嘘』や『許さない』という言葉を口にしていたのは、友里恵さんと世良さんに対してだったのか……。

それにしても、志門さんの口から〝殴ってやろう〟なんて言葉が飛び出すとは意外すぎる。

「まあ、その後実際に殴られたのは俺の方だったわけだが」

記憶を失ったことで立場が逆転してしまった状況に苦笑をこぼし、彼は話を友里恵さんのことに戻す。

「なんとか友里恵をなだめようとした俺は、彼女にこう言った。『瑠璃はそんなことを考えるような女性じゃないし、妊娠が計画的だと言うなら、それは俺が画策したんだ』って」

「……どういう意味ですか？」

男性側がそんなことを企てるのは不可能じゃないだろうか。そう思って彼の顔を覗くと、志門さんは美しい笑みを浮かべて告げる。

「あの夜、避妊するということが頭をよぎらなかったわけじゃない。でも、俺は無視した。瑠璃に俺の子を産んでほしいと、本能的に思っていたのだと思う。もちろん、妊娠してもしなくても、あたり前のように結婚するつもりだったし、瑠璃を絶対に手放すつもりもなかった。……にもかかわらず、メモと名刺だけを残して去ったのは、今でも失敗したと思うけどね」

志門さんが気まずそうに自嘲し、それから真面目な顔に戻って続ける。

「しかし、その発言が逆に友里恵を刺激してしまったらしい。神社の石段から突き落とされたあの日……出張から帰る途中に電話があったんだ。瑠璃のことを誤解していて申し訳なかった。彼女とも友達になりたいから、連絡先を教えてくれないかって」

なるほど。友里恵さんはそんなふうに改心したフリをして、私の電話番号を志門さんから聞き出そうとしたんだ。あの事件の不可解だった部分が、どんどんあきらかになっていく。

「婚約者とはいえ、個人情報を他人に明かすためらいはあった。しかし瑠璃と友達になりたいという友里恵の言葉を信じてしまった俺は、結局瑠璃の電話番号を友里恵に伝えた。それからしばらく経った後だ。タクシーで自宅へ帰ろうとしていた俺に、また友里恵から電話があった。『これから瑠璃さんと会うの。たぶん、あなたは二度と彼女に会えなくなるから、なにか伝えてほしいことはない？』って。俺はそこで初めて気がついたんだ。友里恵が抱える憎しみと、瑠璃に迫っている危険に……」

あの時、私に電話してきた志門さんはどこか焦っていた。友里恵さんから犯行をほのめかすようなことを告げられ、一刻も早く私のもとへ駆けつけようとしてくれていたんだ。

「でも、遅すぎた……。もっと早くに気づいていれば、瑠璃を長い間悲しませることもなかったのに」

後悔を滲ませてそう語る志門さんに、私は「いいえ」と首を振る。

「志門さんは、私のことも翔音のこともしっかり守ってくれた。私に関する記憶はなくしてしまったけれど、あなたは精いっぱい優しくしてくれたし、ずっとそばにいてくれた。だから、私も志門さんを愛し続けることができたんです」

「瑠璃……」

「だから、もう過去のことを気に病むのはやめましょう？　今夜はせっかくの舞踏会なんですから、楽しまないと損です」

にっこり微笑みかけると、志門さんも穏やかに笑ってうなずいてくれた。そして私の手を取って、立ち上がる。思い出の仮面舞踏会に、私をエスコートするために。

出会った夜となにもかも同じ、宮殿の巨大ホール。ドレスアップした大勢の人々の中に、オーケストラの生演奏が響き渡る。

あの時も感じた独特の緊張に包まれるけれど、今日は最初から隣に彼がいてくれるので怖気づくことはない。

舞踏会が始まると、私は志門さんにリードされながら、ぎこちなく踊り始める。

あの頃からまったく上達していないが、志門さんがうまく誘導してくれるので、転びそうになりながらも、なんとかワルツのステップを踏んだ。

前は一曲しか楽しめなかったから、今夜はもっとたくさん踊ってコツを掴めたらいいな――。

私はそんなことを思いながら舞踏会の雰囲気に酔いしれていたが、二曲目を踊り終えた頃、志門さんがどこか上の空で心ここにあらずの様子であることに気づく。

どうしたのかと思っていると、彼はそっと私の耳もとに唇を寄せて告げた。

「次の曲が終わったら、抜け出そう。あの夜みたいに」

「えっ？」

ドキッと鼓動が跳ねて、どういう意味かと上目遣いで彼を見つめる。

すると、仮面をつけているせいか、いつも以上に艶かしい雰囲気の彼が、吐息たっぷりにささやいた。

「記憶を取り戻してからずっと……瑠璃が欲しくてたまらないんだ」

華やかなホールの真ん中で、初めての夜と同じように求愛される。

彼に焦がれていたのは、私も同じ。私はかかとを上げて背伸びをすると、彼の耳もとでこっそり「私もです」と答えた。

甘い約束を交わした私たちは、はやる気持ちを抑えて最後の一曲をゆったりと踊りだす。

私に初恋を教えてくれたウィーンの街は、今夜もとびきり優雅に、そしてロマンティックに、私たちの恋を彩ってくれる。

FIN

特別書き下ろし番外編

穏やかな日々――side志門

「僕、ケーキ屋さんになりたい」

三歳になった息子の翔音が、突然言いだした。夏になったばかりの休日の午後。ちょうどおやつの時間に、親子三人で、大粒のマスカットののったケーキを食べている時だった。

瑠璃は昨年から、翔音を保育園に預けて職場であるエリーザに復帰しているが、新しいスタッフも一名追加されシフトには余裕があり、今日は家族団らんの休日である。

「いいな、ケーキ屋さん。翔音はどんなケーキを作りたい？　こういうフルーツのケーキ？」

俺がそう尋ねると、翔音は口の周りを生クリームだらけにしながら、一生懸命考えて答える。

「うんとね……。クリスマスに食べたみたいな、チョコレートのやつ！」

「なるほど、ザッハートルテか。あれ、作るの大変なんだぞ。一生懸命修業しないと」

「しゅぎょー？　滝の下でなむなむする？」

見当違いな翔音の発言に、俺と瑠璃は顔を見合わせて思わずクスクス笑う。

子どもも三歳にもなるといろいろなことを覚えて吸収するが、まだまだ知らないことの方が多い。大人が思いつかないような、突拍子もないことを言いだすのでおもしろい。

「滝には行かなくても大丈夫。でも、こわーい師匠のもとで、たくさんケーキ作りの練習をしなきゃならないんだよ」

瑠璃がそう説明すると、翔音はけろっとした顔で言う。

「それくらい大丈夫。僕、本気だもん」

真剣な目をしているが、よく見れば翔音は口の周りだけでなく鼻の頭にも生クリームをくっつけていて、その幼さとのアンバランスさがおかしかった。

しかし、三歳とはいえ本気でパティシエになりたいのなら、親としてはきちんと考えてあげなきゃいけないな。個人的には、正直翔音には京極建設の後継者になってほしいと思っていたのだが……本人が別にやりたいことがあるのなら、応援してやらなければ。

「瑠璃、これ見て。今度、翔音を連れていこうと思うんだ」

その夜、翔音を寝かしつけた瑠璃が寝室にやってくると、俺はこっそり検索していた料理教室の情報を見せるため、瑠璃にスマホを渡した。

スマホを受け取った彼女とともにベッドにうつ伏せになり、小さな画面を一緒に覗き込む。

「へえ、休日限定の親子料理教室……。ケーキコースの講師は、人気洋菓子店『vanilla《バニラ》』の女性パティシエ。すごーい」

「もしも講師が世良みたいなパティシエだったら、翔音が怖がるかもしれないからやめようと思ったが、この人なら大丈夫そうだろ？」

画面に写真が出ている若い女性パティシエを指さしながら言うと、瑠璃が噴き出す。

「ふふっ、たしかに。世良さんが先生だなんて似合いませんし」

「というわけで、さっそく予約しようと思う。作ったケーキは持って帰れるそうだから、瑠璃へのお土産にするよ。期待してて」

「はい。楽しみにしてますね」

洋菓子店のバニラは、見た目の華やかさから女性人気の高い洋菓子を販売する店だが、ここ最近味もレベルアップしていて、その人気を揺るがないものにしている。

きっと、料理教室で作る菓子も、華やかかつおいしいものなのだろう。俺はそう期待して、意気揚々と予約画面を開く。

期日は七月の第二日曜日だ。その日は偶然瑠璃も仕事が休みらしいが、たまにはひとりでゆっくり過ごしてもらおうと、俺と翔音の名で申し込みをした。

そして迎えた当日。料理教室の開催される都内のキッチンスタジオには八組の親子が集まり、皆エプロン姿で講師の登場を待っていた。

このキッチンスタジオでは、今回のような親子向けの料理教室だけでなく、平日昼間には主婦を対象とした教室、そして夜には会社帰りの社会人に向けた教室を開いているそうだ。

室内には島のようにキッチンが複数点在している。講師用の大きなものがひとつと、それよりひと回り小さいものが四つあり、今回は親子ふた組でひとつのキッチンを共用するらしい。

講師用のキッチンのそばにあるホワイトボードに割りあてが書かれているので、【京極】と記された場所にさっそく移動する。たまたま同じキッチンに当たった親子は、長い黒髪をひとつに結った俺と同年代くらいの母親と、翔音よりひとつかふたつ年上に見える女の子だった。

「こんにちは、京極と申します。今日はよろしくお願いします」

用意されていた丸椅子に腰掛けて、対面に座るふたりにそう声をかける。母親はあまり目を合わせてくれず、消え入りそうな声で「向井《むかい》です」とつぶやき、ぺこりと頭を下げた。どうやら人見知りするタイプのようだ。

しかし娘の方は社交的なようで、俺を見て驚いたように目を瞬かせると、翔音に尋ねた。

「パパ、外国人なの?」

「ううん。日本人だよ」

「ふうん……? ねえ、あなたの名前は?」

「京極翔音」

「翔音くんかぁ。私は菜々美《ななみ》だよ。よろしくね」

どうやら子ども同士は仲良くやれそうだ。そのやり取りを微笑ましく見ていると、ようやく講師がやってきた。……が、俺はその人物を見るなり、つい眉間にしわを寄せてしまう。

なぜ、彼がここに……? バニラの女性パティシエは?

ぽかんとその姿を見つめていると、皆の前に立った彼が口を開く。

「はじめまして、パティシエの世良です。本日の教室はバニラの平川《ひらかわ》先生が担当される予定でしたが、体調不良とのことで、急遽ピンチヒッターで私が担当します。いつもは火曜日の夜に〝ウィーン菓子の奥深さ〟というテーマで教室を開いておりますので、ご興味があればそちらもよろしくお願いします。あまり人気がないもんでね。私の教室は……」

自嘲気味に語る途中で、世良は俺の存在に気がついた。彼は小さく「あ」と口を動かして嫌そうな顔をしたが、すぐに目をそらして講師の顔に戻る。

「今日はチョコレートケーキの王様、ザッハートルテをひと口サイズで作ってみようと思いますので、お手もとにレシピを配ります」

世良がA4サイズのレシピを手にして、各キッチンを回り始める。

彼には瑠璃がいつも世話になっているし、結婚式にも招待した間柄ではあるが、俺とはどうもそりが合わない。間に瑠璃が入れば会話も成り立つが、そうでない時は互いに無言で牽制《けんせい》し合っているような、微妙に険悪な空気が流れるのだ。

俺はどうしても瑠璃に現在の状況を伝えたくなり、エプロンのポケットからこっそりスマホを取り出すと、世良の目を盗んでメッセージを打つ。

【バニラのパティシエが体調不良らしく、なんと世良が代打の講師としてやってきた】

すぐに既読がつき、瑠璃から返信があった。

【えっ、すごい偶然！　でもそういえば、ちょっと前に世良さん、今日エリーザを臨時休業にするって言ってました！】

【火曜の夜も、店を閉めた後で彼は教室を開いているらしい。瑠璃、知っていた？】

【いいえ、全然。上尾さんからも聞いたことないし、きっと恥ずかしいから内緒にしてたんだと思います】

なるほど、たしかに……。彼の性格なら、自分が講師として人前に立っているのを知り合いには明かさないかもな。納得しながら次の返事を打とうと、スマホの画面に集中していたその時だった。

「京極さん。奥様へのご連絡はほどほどにして、レシピの方をご覧ください」

頭上から不機嫌そうな低い声が降ってきて、俺はびくりと肩を震わせた。顔を上げると、仏頂面の世良が俺にレシピの紙を差し出している。周囲の親子のうち、主に母親の方が苦笑しながら俺に注目していて、急に肩身が狭くなる。

……まるで授業中に、教師から携帯の使用をとがめられた学生の気分だ。

「失礼」

ゴホンと咳払いをして、レシピを受け取る。すぐさま翔音が興味津々に覗き込んできた。

「すごーい。先生、絵も字も上手なんだね」

「……全部手書きなのか、このレシピ」

まじまじと見ると、女性が書いたかのような丸みを帯びた文字は読みやすく、手順ごとに添えてあるイラストも、丁寧でかわいらしい。

彼に菓子作り以外のこんな才能があったとは……。なかなかやるな。

世良とは一時期、瑠璃を巡って恋敵の関係にあったが、俺と瑠璃との出会いが少しでも遅かったなら、立場は逆だったかもしれないと思う。それほど手ごわいライバルだった。

レシピを眺めながらそんな思いに浸っていると、ふと向かいにいる菜々美ちゃんとその母親の会話が聞こえた。

「ママ。あの先生、ちょっとパパに似てるね？」

「……そう？　そんなことないわよ」

「嘘。だってさっきからジーッと見てたし！」

「ちょっと菜々美！　……静かにしなさい」

慌てた母親にとがめられ、菜々美ちゃんはしょんぼりしてうつむく。しかし、それから実際に調理が始まると、彼女はとても楽しそうにケーキ作りをしていた。

その最中、菜々美ちゃんの言う通り、彼女の母親は、気づけば世良の姿を視線で追いかけていた。彼が俺たちのキッチンに来て指導する際には、頬まで赤く染めて。

俺に対してはそっけない挨拶だったのに……。相手が元ライバルの世良ということもあり、若干いじけたような気分になる。しかし、菜々美ちゃんの言葉を信じるなら、単に彼女の愛する夫に顔が似ているということなのだろう。

……俺も、早く愛する妻のもとに帰りたいな。瑠璃は今頃なにをしているだろう。

菜々美ちゃんとともに一生懸命ケーキ作りに精を出す翔音を眺めながら、ついつい瑠璃のことを考えて甘い気持ちを持てあます俺なのだった。


ひと口サイズのザッハートルテが無事完成して試食の時間になると、子どもたちふたりは調理中よりさらにらんらんと目を輝かせてケーキにぱくついた。子どもたちには麦茶、大人たちには紅茶が用意され、調理台をテーブル代わりにティータイムだ。

「おいしい！　このケーキ持って帰ったら、ママ、絶対に喜ぶよ！」

翔音は初めて自分で作ったケーキに大感激で言う。

「ああ、そうだな」

俺もひとつ試食してみたが、エリーザで販売しているザッハートルテともまた違う味だったので感心した。エリーザのものは、ビターチョコレートをふんだんに使った濃厚な大人向けのチョコレートケーキという印象だが、今回はミルク感や甘味が強い、まろやかな味わいだ。褒めるのも悔しいが、さすがは世良である。

「私もパパにあげたいな……」

俺と翔音の会話を聞いていた菜々美ちゃんが、ぽつりとつぶやく。すると母親は少し寂しげに微笑み、「帰ったら仏壇にお供えしよう? きっとパパ喜ぶわ」と菜々美ちゃんに言い聞かせた。

仏壇って、じゃあ菜々美ちゃんの父親は……。ショックを受けた俺はついそれを表情に出していたらしい。母親が俺に向かって、気まずそうに説明した。

「夫は、消防士だったんです。この子が一歳の時、救出活動中に殉職してしまって」

「そうでしたか……」

同じ子を持つ親として、彼女が今までしてきた苦労を考えるとなんともやるせない気持ちになる。たとえ両親がそろっていても、子どもの世話は大変なものなのに……。

大人たちの間に深刻な空気が流れるが、菜々美ちゃんがそれを断ち切るように明るい声で言う。

「私、写真でしかパパの顔を見たことがないんだけど、本当にあの先生にそっくりなんだよ！」

「そうね。本当、ママもびっくりしちゃった……」

その時、別のキッチンを回ってなにか説明をしていた世良が、母娘の視線に気づく。そしてこちらに歩み寄ってくると、俺たち四人に向かって尋ねた。

「どうでしたか、今日の教室は」

「楽しかった！」

「おいしかった！」

すかさず返事をした子どもたちに、いつもは無愛想な世良の目もとも緩む。しかし、ちらりと俺の方を向いた彼は、またいつもと変わらない、いやむしろ、いつもよりさらに不機嫌そうな顔で言った。

「料理教室のこと……店のヤツらには知られたくなかったのに」

まるで、俺が参加していたことが迷惑だったかのような言い草だ。ついかちんときた俺は、チクリと言い返す。

「こちらだって、講師はバニラの女性パティシエだと思っていたから参加したんだ」

「なんだと？　俺の教え方に不満が？」

「そうは言ってない。しかし講師がきみだと知っていたら参加しなかっ――」

　俺がそこまで言いかけた瞬間だった。

「パパとケンカしないで！」

　菜々美ちゃんが声をあげながら俺と世良の間に割り込み、小さな体で世良を背にかばう。

「パパ？」

　意表を突かれて唖然とする世良。母親が慌てて菜々美ちゃんをたしなめる。

「菜々美、先生びっくりするでしょう……！　すみません。先生が、亡くなったこの子の父親に似てらっしゃって……」

　申し訳なさそうな母親の説明を、世良は黙って聞いていた。それから菜々美ちゃんと目線を合わせるようにしゃがみ込み、彼女の頭に大きな手をポンと置く。

「ありがとな、守ってくれて。今度、俺の店にケーキ買いにおいで。自由が丘のエリーザって店だ」

　菜々美ちゃんはうれしそうにニコッと笑い、「うん！」と大きくうなずいた。そのやり取りを見ていた母親が、やがて立ち上がった世良に「あの！」と声をかける。

「なんでしょう？」

「毎週火曜日に、先生の料理教室があるというお話でしたが……子連れで参加するのは、まずいでしょうか？」

きっと、勇気を振り絞って聞いたのだろう。緊張して小さく震える彼女を、俺は気づけば心の中で応援していた。

かつて愛した夫に、世良が似ている。娘の菜々美ちゃんがなついている。それだけではない感情を、彼女の中に感じた気がしたからだ。

俺はまるで自分のことのようにハラハラしながら、世良の返事を待つ。

世良はまっすぐ彼女を見つめ、穏やかな調子で言った。

「かまいませんよ。最初にお話しした通り人気のない教室なので、ひとりでも参加者が増えた方がにぎやかに見える」

「ありがとうございます……！」

菜々美ちゃんの母親は感極まったように瞳を潤ませながら、深々と頭を下げた。

よかった……。

今日が初対面で、たまたま同じキッチンでケーキ作りをしたというだけの仲だが、菜々美ちゃん親子が幸せになりますようにと、願わずにはいられなかった。

その夜、俺と瑠璃は庭のウッドデッキに出て、夜風にあたりながら持ち帰ったケーキと赤ワインで乾杯した。翔音は料理教室で疲れたのか、ベッドに横になるとあっという間に眠りに落ちたので、今夜は夫婦ふたりの時間をたっぷり過ごせそうだ。

「そんなことがあったんですね。やっぱり優しいなぁ、世良さんって」

「余計なお節介かもしれないが、彼らにはうまくいってほしいと思ったよ。あの男なら、彼女が亡き夫の面影を自分に重ねていることを知ったうえで、彼女も菜々美ちゃんも受け止められる器の大きさがある」

そう言ってワイングラスに口をつけた俺を見て、瑠璃が興味深そうに尋ねてくる。

「志門さんって、世良さんのこと好きなんですか？　嫌いなんですか？」

「どちらかというと、嫌いに近い、が……。人間的魅力は認めざるを得ない。複雑な男心だ」

シャツの胸もとをぎゅっと押さえてそう語ると、瑠璃が無邪気にクスクス笑う。

ほどよくワインの酔いが回っている俺は、かわいいなぁもう……と内心悶えつつ、ジッと彼女を見つめた。その熱い視線に気づいた瑠璃が、はにかみながら聞く。

「またそんなに見つめて……酔ってますね？　お水持ってきます」

瑠璃は立ち上がり、窓から部屋に入ってしまう。俺はその小さな背中をほぼ無意識に追いかけ、彼女がキッチンでコップに水を注いでいるところを、うしろから抱きしめるようにしてつかまえた。

「わっ。……志門さんってば。こぼれちゃう、水」

瑠璃は水の注がれたコップをコトリと台の上に置き、微かに振り向いて俺を睨む。

「瑠璃が俺を放っておくからだろ」

「えっ？　一緒にいたじゃないですか、ついさっきまで」

「でも、世良のことばかり褒めていた」

そんなことで機嫌を損ねるなんて、我ながら大人げないと思う。しかし、こんなに自分の内面を安心してさらせるのは、相手が瑠璃だからだ。

俺は一時期彼女に関する記憶を失っていたが、その時ですら瑠璃は広い心で俺を受け止め、深く愛し続けてくれた。ありのままの俺でいい。瑠璃はいつも、俺にそう思わせてくれる、最高の妻なのだ。

「ヤキモチですか……？」

「そうだよ。幻滅した？」

「いいえ。結婚して、子どもを産んでからもヤキモチ焼いてもらえるなんて、むしろ幸せです」

「瑠璃……」

この上なく彼女が愛しくなり、顔をうしろから覗き込むような形で、唇を奪う。やわらかな唇の隙間から、チョコレートとワインの混じり合った、甘く官能的な香りがしてくらくらした。

ああ、今……たまらなく、彼女が欲しい。

俺は唇を耳もとに移動させ、ほんのり赤く染まる耳たぶを甘噛みしながら、彼女の体をなで始めた。ラベンダー色のキャミソールとガウン、ショートパンツがセットになっている、シルク素材のルームウエア越しに、ゆっくり体の線をなぞる。

「ん、志門さん……ここで？」

「ダメ？　ベッドまで待てない」

「もう……」

あきれた声を出しつつも、瑠璃は観念したようにシンクに手をつき、俺の愛撫に身を委ねる。ガウンが肩から抜け、胸もとの大きく開いたキャミソール姿になった瑠璃は、出会った頃よりもずっと色っぽい大人の女性に変わった。

肩までだった髪も背中の中ほどまで伸び、俺の愛情と努力の賜物なのか、胸も大きく成長した気がするし……。

感慨にふけりながらキャミソールの中でその感触を堪能し、時折先端をこすれば小さな肩が震えて、艶のある唇から甘い声が漏れた。

「かわいい」

そう耳もとでささやいて、ショートパンツの中を探る。下着越しに触れただけでもわかるほど、そこは俺を欲しがっていた。

俺たちは毎日のように抱き合っているが、そのたびに互いの肌がなじんで、心地よさが増す。彼女と夫婦になれた喜びを、一身に感じる。瑠璃もそうだったらいいと願いながら、うしろから抱きしめる体勢のまま、ひとつになった。

「好きだよ、瑠璃。……いつだって俺だけを見て」

「そんなの、言われなくたって……」

振り向いた彼女と、噛みつくようなキスを交わしながら、快楽の波にさらわれる。

――もう二度と、大切なきみを忘れたりするものか。胸の内でそう伝えながら、最愛の妻をこの手に抱く幸福に浸った。

「僕、ケーキ屋さんになるのあきらめる」

翔音がそんな耳を疑うセリフを放ったのは、翌朝のことである。

隣同士に座ったダイニングテーブルで、翔音は瑠璃が作った朝食を食べている途中。俺は出勤まで時間がないのでコーヒーだけ淹れてもらい、それをひと口飲んだところだった。

「昨日、あんなに楽しくケーキを作ったのに？」

俺が尋ねていると、キッチンにいた瑠璃も驚いた顔でこちらにやってきて、翔音の向かいに腰を下ろす。

「楽しかったけど、作れたのはパパも手伝ってくれたからだもん。チョコを溶かすのも大変だし、メレンゲを泡立てるのも、僕ひとりじゃ無理だった。ケーキ作りって、もっと簡単だと思ってた」

翔音は三歳児らしからぬため息をこぼし、トーストをかじった。どうやら我が子は人生で初めて、挫折というものを経験したらしい。

俺は瑠璃と目を見合わせて苦笑し、落ち込む翔音を励ます言葉を探していたのだが。

「しょうがないから、パパやおじいちゃんの会社を継ぐよ」

いかにも不本意そうに言われ、我が息子ながらなんて生意気なんだとあきれる。

しかし、その生意気さすらかわいいので、結局は笑ってしまう。

「将来の京極建設、経営が傾きそうだな……」

「ですね。志門さん、心配でなかなか引退できないかも」

両親がそんな冗談を交わす横で、我が家の小さな御曹司は朝食の目玉焼きの黄身に「えいっ」などと言ってフォークを刺していた。

家族と過ごす平和な朝の光景。それは俺にとってすでになくてはならないものだ。

翔音が成長しても、また新しい家族が増えたとしても。ずっとこんな穏やかな朝を繰り返していけるように……俺が家族を守るんだ。

改めて決意しながら妻と息子の顔を眺めていると、あっという間に出勤しなければならない時間になる。

「志門さん、行ってらっしゃい」

「パパ、行ってらっしゃい」

「行ってきます」

翔音の頭をなで、瑠璃には頬に軽くキスをして、家を出る。

さぁ、今日もがんばろう。大切な家族の笑顔と、穏やかな日々を守るために。

FIN

夏祭りの夜

八月後半のある休日。私たちは家族三人で、大森の実家に帰っていた。

実家には、昨年結婚した兄とその奥さん、そしてふたりの間に生まれた赤ちゃんが同居していて、とても賑やか。

以前の実家にはそんなに人が集まれるスペースはなかったけれど、兄夫婦が同居するタイミングで、家を大幅にリフォームした。共働きの兄夫婦、そして足が不自由な母のどちらもが暮らしやすい家になるようにと、志門さんが設計してくれたのだ。

「じゃあ行ってくるね。翔音は本当に行かないの？」

その夜、実家近くのお寺周辺で夏祭りが開催されていた。昔は母に代わって兄がよく連れていってくれた、思い出の夏祭り。それに、私は志門さんと翔音の三人で行くつもりでいたのだけれど……。

「行かない。莉乃《りの》ちゃんと一緒に留守番してる」

何度も誘って断られ、家を出る前に玄関でもう一度尋ねたが、残念ながらフラれてしまった。翔音は生まれたばかりのいとこ、莉乃ちゃんがかわいくて仕方ないようだ。

「わかった。じゃ、なにかお土産買ってくるから。お兄ちゃん、翔音をよろしく」

「ああ。こっちのことは気にせず祭りを楽しんでこい。義弟《おとうと》よ、しっかり瑠璃を守るんだぞ」

「はい。任せてください」

相変わらず、志門さんに対しては偉そうな兄。しかし志門さんもすっかり慣れたもので、こういう時はちゃんと下手に出て、兄に従う。さすがは大人な彼である。

そんなこんなで、偶然にも夫婦でデートできることになり、私たちは浴衣《ゆかた》姿でうきうきとお祭りに繰り出したのだけれど。

「あのっ……二・五次元俳優の、マイケル悠《ゆう》さんですか？」

「いえ、違いますけど」

「そうですか、すみません……」

志門さんが、困った顔で私を見る。なにしろ、出店の並んだ参道を二十分ほど歩いただけで、この質問をすでに三回受けているのだ。

しょんぼりして去っていく女性に申し訳ない気分になるが、本当に人違いなのだから仕方がない。

「俺、そんなに似ているのかな？」

「さぁ……。私も二・五次元俳優というジャンルには、全然詳しくないので。でも、普段は街を歩いていてもなにも言われませんから、やっぱりこの浴衣のせいなんじゃないですかね？」

改めて、隣に立つ彼をじっくり観察する。ベージュの浴衣は涼しげなしじら織で、帯の色は黒。首から下だけ見ると、お顔もさぞ素敵な和風イケメン……と想像したくなるが、実際はめちゃくちゃ洋風の、麗しい志門さんの顔がそこにある。

彼の顔立ちに和服は似合わないかと思いきや、なかなかどうして、独特の色気を醸し出していてカッコいい。その辺が、マイケルなんとかさんに似ているのだろうか。

「こんなことになるなら洋服で来るんだったたな。それか一度瑠璃の実家に帰って着替える？」

「えーっ、ダメです。私、浴衣の志門さんともう少し一緒に歩きたい」

思わず志門さんの浴衣の袖をぎゅっと掴んで言うと、彼は優しく笑う。

「そうか。瑠璃にそんなかわいいワガママを言われたら脱げないな。でも、せめてもう少し人の少ない場所に……」

「あ、あっちならすいてそうです」

参道を脇にそれたところに、細い道がある。そこにも出店が何軒か並んでいるが、狭いのであまり人通りはない。

「あそこにいったん避難しよう」

「はい」

手をしっかり握ってもらい、人混みをかき分けてわき道にそれる。静かなその場所ではほんのり涼しい夜風を感じ、なんとなくホッとした。

その時、志門さんがちょうど目の前にあった屋台ののれんに目を留める。

「飴細工……へえ、すごいな」

店頭には、木の棒に刺したさまざまな飴《あめ》細工が飾ってある。動物や、アニメの人気キャラクター、凝った細工の龍などもある。

「今もなにか作ってますよ」

私は小声で志門さんに伝える。小さな屋台の中では、厳めしい顔つきのおじいさんが黙々と作業していた。棒についた丸い形の飴を手で伸ばして形を作り、裁縫の糸切りバサミに似た形のはさみで、飴を小気味よく切っていく。すると、鱗のような模様が見る見る浮き上がり、ものの数分で、美しい金魚が完成した。

「お見事……！」

思わずぱちぱちと拍手してしまうが、おじいさんは顔色ひとつ変えずに次の飴の作業に移る。

「そうだ、翔音へのお土産、これにしましょうか」

「ああ、そうだな」

ふたりでうなずき合った瞬間、志門さんが手に持つ信玄袋《しんげんぶくろ》の中でスマホが鳴った。画面を見た志門さんは「仕事の電話だ。ごめん」と屋台を離れ、道の端でスマホを耳にあてる。

私は彼を待つ間、店頭に並んだ飴細工を見て、翔音ならどんなものが喜ぶかな、と想像した。

動物園に行った時はライオンに夢中で、水族館では大きなサメに目を奪われていたっけ。男の子らしく、迫力のあるものが好きなんだろう。そういう感じの飴、あるかな……。

一つひとつじっくり見ていき、やがてこれだと思えるモチーフの飴を見つけた。

「あの、このプテラノドンをひとつ――」

私が屋台のおじいさんに、そう声をかけた時だった。背後で突然、複数の女性の甲高い声がした。

「結婚していたなんて、どこにも発表してませんよね⁉　どうしてファンを裏切るようなことを……！」

「たとえ相手が奥さんでも、お祭りで手をつないで歩くなんて、軽率です！　悠くんの仕事は、女の子に夢を見せることでしょ⁉」

〝悠くん〟って……まさか志門さん、また例の人違いをされている？

くるっとうしろを振り向いて、仰天した。若い女性たちが志門さんを囲むように、五、六人集結していたのだ。志門さんは女性たちの剣幕にすっかり気圧されて、困った様子だ。

どうしよう。助けてあげたいけど、私が出ていったら、さらに状況が悪化しそうな気も……。

自分の取るべき行動に迷い、その場に立ち尽くしていたら、誰かにポンと肩を叩かれた。

振り向くと、二十代前半と思しき、見るからにチャラい雰囲気の男性がふたりいた。

そのうちのひとりが、気安く声をかけてくる。

「お姉さん、かわいいね。ひとり？　一緒に回らない？」

わ、ナンパだ……。

初めての体験なので内心冷や汗をかきつつ、あまり相手を不快にさせないよう、やんわりお断りする。

「いえ、連れがいますので」

「連れ？　どこに？」

「あそこに……あれっ？」

少し目を離した隙に、志門さんの姿が見あたらなくなっていた。もしかしたら、群がる女性たちから逃げ出したのかもしれない。

困ったな。彼がこの場にいればナンパなんてすぐ撃退してくれただろうに、私ひとりじゃ……。

「誰もいないじゃん」

「連れがいるなんて嘘なんでしょ？　俺たちと行こうよ」

男たちはそう言って、勝手に私の腰に手を添える。

「いえ、ちょっと、やめてください」

体に触られるのはさすがに気持ちが悪くて、男の手を払いのけようとしたその時だった。

「お嬢さん」

妙にどすの利いた声で私を呼び止めたのは、屋台のおじいさんだった。さっき注文しかけたプテラノドンの飴細工を、私に差し出している。

「息子さんにお土産なんだろ?」

「あっ、はい。おいくらですか?」

「三百円」

私とおじいさんのそんなやり取りを見ていた男たちは、〝息子〟と聞いてたじろいだらしい。パッと私の体から手を離すと、「ママさんだったんだ~、じゃ、そういうことで」と言い残し、すたこら去っていった。

よかった……。私は胸をなで下ろし、改めておじいさんに向き直ると、お金を渡す。

「ありがとうございました。わざと息子の話をしてくれたんですね?」

お金と交換に飴を受け取りながら尋ねたけれど、おじいさんはにこりともせず言う。

「わしはアンタに飴を売りたかっただけさ。ここは人通りがないんで、いくら待ってもたいして売れやせんのだ」

きっと、私に気を使わせないための嘘だろう。わかりにくい優しさが、なんだか世良さんみたいだな。

「それでも、ありがとうございます。息子、きっと喜びます」

私は微笑んでそう言い残し、おじいさんの屋台の前から歩きだす。

志門さんはどうしただろう……。連絡してみようかな。

再び人通りの多い参道の方へ向かいながら、スマホを耳にあてる。

『瑠璃？　……ごめん、急にいなくなって。今どこにいる？』

志門さんはすぐ電話に出てくれたけれど、走った後のように息遣いが荒かった。この分だと、あの女性たちにそうとう追いかけられたようだ。

「まだ、さっきの飴細工屋さんの近くです。志門さん、大丈夫ですか？」

『ああ。ようやく逃げきれたみたいだ。今、寺の境内のご神木の裏に隠れてる』

「じゃ、志門さんはそこを動かないでください。私が行きますから」

『ごめん、待ってる』

私は電話を切ると、下駄をからころ鳴らして、お寺の境内へ急いだ。

境内にはあまり人気がなく、太いしめ縄の巻かれた立派な杉のご神木はすぐに見つかった。裏側をひょっこり覗き込むと、疲れきった顔でスマホを眺める志門さんの姿があった。

「志門さん」

「瑠璃……。まさか、こんなことになるとは思わなかったな。俺のせいでゆっくり縁日を見られなくて申し訳ない」

「志門さんのせいじゃないですよ。……それ、なにを見ていたんですか？」

彼の手にあるスマホには、なにやら動画が映し出されている。彼は私にも見やすいようにスマホを少し傾け、「例の俳優、検索してみたんだ」と言った。

映し出されているのは、ミュージカルの舞台のようだ。和服と洋服を組み合わせたような独特な衣装をまとったイケメンたちが、剣を手に戦い、かと思えば美声で歌いだす。

「ほら、たぶん彼だ」

その中のひとりがアップになったところで、志門さんがいったん映像を止める。そこにはたしかに、ダークブロンドの髪に日本人離れした顔立ちのイケメン俳優がいた。

しかし、どう見てもその髪はカツラだし、彫りが深く見えるのは、メイクの影響もありそうだ。……これのどこが志門さんに似ているの？

「あれだけ人違いされたんだから、もうちょっと似ていてほしかったです」

おかしな理由でむくれる私に志門さんはクスッと笑って、それからおもむろに語り始める。

「俺は、祖国を捨てて武士になる道を選んだ男。己の信念を果たすため戦い続けねばならぬのに、お主を愛してしまった。……こんな俺を、愚かだと笑うか？」

「な、なんですか？　そのセリフ」

きっと、冗談で今の映像の役になりきっているのだろう。そうわかっていても、真面目な顔で瞳を覗かれ、ついドキッとしてしまう。志門さんは私の質問には答えず、ますます感情を込めてセリフを続ける。

「剣の道に愛など邪魔になるだけ。頭ではわかっていても、お主が欲しくて狂いそうになる」

切なげに目を細めた彼に、両手で頭を掴まれる。そしてなぜか私まで心の中で「志門様……」と時代劇口調でつぶやき、目を閉じる。

そうして唇が重なり合うか合わないかのところで、どちらからともなく「ふっ」と笑いだした。

「本当にあったんですか？　今のセリフ」

「ああ。……しかしいったいどんな時代設定なんだろうな」

ふたりでひとしきり笑い合っていると、ご神木の裏側から聞き覚えのある声が聞こえてきた。

「あ〜あ、全然ダメじゃん、今日。ろくな女いねえ」

「結局、最初に声かけたママさんが一番かわいかったんじゃね？」

「言えてる。あの童顔で人妻とか、今考えたらなんかエロいし」

この会話、まさか……。木の陰からそっと向こう側をうかがうと、やはりそこにいたのは、飴細工の屋台で私に声をかけてきたふたりの男性だった。

「低俗な会話だな。……あのふたりがどうかしたのか？」

「志門さんがいない時、私のことナンパしてきたんです」

「なんだって？」

「屋台のおじいさんが助けてくれたから平気でしたけど……一瞬腰を抱かれそうになって、気持ち悪いのなんの――わっ！」

言い終える前に、突然志門さんに手を引かれて、男性ふたり組の前に出てきてしまった。

し、志門さん、なにをするつもり……？

男性たちは、私の顔を見て「あっ」とつぶやきぽかんとする。しかし、志門さんの方へ視線を移した途端、彼の顔にありありと怒りが浮かんでいるのに気づいて慌てだした。

「あ……はは、こんなにイケメンな旦那さんいるとは存じ上げなくって、なぁ？」

「そ、そうそう。俺たちなんて相手にされないわけだわ。もう完全に敗北ですー」

ヘラヘラ笑いながらそそくさと去ろうとするふたりに、志門さんが地の底から響くような声で言い放つ。

「……二度と薄汚い手で妻に触るな」

ふたり組はそろってびくりと肩を震わせ、緊張の面持ちで「はい」とうなずいた。

「わかったら目の前から消えろ」

「す、すすすみませんでした！」

ふたりはパッと頭を下げると、情けない声で「こええ～」と言いながら境内から出ていった。

いつも優しく紳士的な志門さんが、こんなに乱暴な物言いで怒るところは初めて見た。その横顔を興味深くジッと見ていたら、彼はふっと表情を緩めてため息をつく。

「ごめん。……俺、怖かった？」

「いえ。でも、あそこまで怒る志門さんは珍しいなって」

「本当は、怒ったり怒鳴ったりするのは苦手なんだ。場の空気を悪くするだけだし、自分も無駄なエネルギーを使うことになるし。だから普段はほとんど怒ることなんてないんだけど……」

志門さんが優しい眼差しで私を見下ろし、軽く握っていた私の手に指を絡めて恋人つなぎにした。それから自嘲気味に言葉を続ける。

「瑠璃のこととなると、ダメだ。理性が働かない」

「志門さん……」

結婚してもうだいぶ経つのに、十歳も年上の彼が私のことで余裕をなくすと思うと、胸がきゅんと鳴る。私たちがいまだに恋人のような夫婦でいられるのは、こうして彼が時々、自分の中のありのままの感情をさらけ出してくれるからだと思う。

だから、私からもたまには、ちゃんと心の内を見せたい。

「志門さん、ちょっと、こっちに……」

「ん？」

私は彼の手を引いて、境内の隅の人気もなくほとんど明かりの届かない場所まで移動した。そして正面から彼と向き合い、恥ずかしいのをぐっとこらえて言葉を紡ぐ。

「キス……して、ほしいです」

「え？」

普段から甘い言動の多い彼だけれど、基本的に外にいる時は節度をわきまえる。なので、いくら人目がなくても屋外でキスを交わしたことはない。今も私の願いを聞いて、少し戸惑った表情だ。

「今日は志門さんがほかの女性たちに囲まれてばかりで、あまりふたりきりになれませんでしたし……帰っても、今夜は実家に泊まりですし。ダメ、ですか?」

おずおずと上目づかいで彼を見上げると、志門さんは周囲に誰もいないのを確認してから、私の体をそっと抱き寄せる。そして耳もとでささやいた。

「こんな暗がりに、色っぽい浴衣姿のきみといて……キスで終われる自信がないよ」

心臓が、ドキン、と彼にも聞こえてしまいそうなほどの音を立てる。

キスで終われないって……それはさすがに、いろいろと問題がありますよね?

自分から言いだしたのにどうしようと困っていると、志門さんがふっと笑って「大丈夫。なんとか我慢するよ」と、私の頭をぽんぽんと軽く叩いた。

その手がスッと頬に移動し、私の顔を少し上に傾ける。志門さんのまとう甘いフレグランスの香りが近づいて、濃くなって。やわらかな彼の唇が、私のそれに重なった。

お祭りをふたりであまり楽しめなかったことも、彼のいない隙にナンパをされて焦ったことも。優しいキスがすべて溶かして、胸に残るのは彼への愛しさだけになる。

「好き……」

「うん。俺もだ。自分で自分にあきれるほど、瑠璃が好き」

鼻先を触れ合わせたまま告白し合い、また唇を重ねる。遠くにお祭りの喧騒を感じながら、私たちはひそやかに甘いキスに酔いしれた。

「そういえば、ずっと気になっていたんだけど……それは？」

志門さんが不意に、私の手にある飴細工に目を向ける。私は得意げに、彼の目の前にプテラノドンを掲げた。

「翔音、恐竜なら喜ぶかなって」

「なるほど。あの店、俺ももう少し見たかったな。それに、ほかの店も……」

志門さんが名残惜しそうに、明かりの多い参道の方を振り返る。

「でも、マイケルさんのファンにまた追いかけられるんじゃありません？」

「その時はその時だ。さっきはつい逃げてしまったが、よく考えたらなにも悪いことはしていないんだ。毅然として〝人違いだ〟と言えばいい」

頼もしい言葉に私もうなずき、私たちは境内を出て、再び参道の人混みに飛び込んでいった。来た時よりもさらに混雑していたが、そのおかげで幸い誰にも呼び止められることはなく、縁日の雰囲気を十分堪能することができた。

実家に帰り、さっそく翔音にお土産を渡すと、大興奮だった。私の選んだプテラノドンのほかに、あの後もう一度店を訪れて志門さんが選んだ、ティラノサウルスも買ってきた。

翔音はどちらもとても気に入り、寝る時間になった今でも、客間の子ども用布団に仰向けになりながら、飴細工の棒を握りしめている。

私はその隣の布団で横になっていて、翔音を挟んで向こう側には志門さん用の布団がある。彼は今お風呂に入っているが、今日は親子三人、川の字で寝る予定なのだ。

「これ、本当にすごいなぁ……、おもちゃに見えるのに食べられるなんて」

「来年は翔音も一緒に行こう？　作っているところを見られて楽しかったよ」

「うん。次は行く」

「じゃ、そろそろこれはしまっておこうか。寝る時に近くにあると危ないから」

小さな手から飴細工を受け取り、翔音が自分で背負ってきたリュックにしまってあげた。眠たそうに目をこすり始めた翔音に、私は問いかける。

「莉乃ちゃん、かわいかった？」

「うん。僕の顔をジーッと見て、時々笑うんだ。ママ、僕んちにも赤ちゃん欲しい」

翔音のかわいいお願いは、とてもタイムリーなものだった。まだ誰にも話していないけれど、実は、つい先日ふたり目の妊娠が発覚したばかりなのだ。

今回はつわりの症状がとくに現れていないため気づくのが遅れたが、現在妊娠六週目に入っている。

「そうだね。来てくれるといいね」

私はそれだけ言って、翔音の頭をなでる。途端に翔音のまぶたが下がってきて、あっという間に静かな寝息を立て始めた。

ふふ、かわいい。でも翔音の寝顔を見ていると、いつもこっちまで眠くなっちゃうんだよね……。つい大きなあくびをしていたその時、お風呂から上がった志門さんが部屋に戻ってきた。

「あ、おかえりなさい。もう寝ちゃいました、翔音」

「本当だ。お兄さんがずいぶん遊んでくれたんだろうな」

志門さんも自分の布団に横たわり、すっかり熟睡している翔音のやわらかい頬を指で軽くつつく。

「そうみたいです。でも、来年はお祭りに一緒に出かけて、飴細工を見ようねって約束しました」

「来年になれば、大好きな莉乃ちゃんも一緒に行けるだろうしな」

「ええ。それに……翔音の弟か妹も」

ぽつりとそうつぶやくと、志門さんが目を見開いて私を見る。

「瑠璃、もしかして……」

「はい。実は、来てくれたんです、赤ちゃん」

しっかり彼の目を見つめて報告する。志門さんは幸せそうに目を細めて微笑んだあと、眠っている翔音にこっそり「おめでとう。お兄ちゃんになるんだって」と耳打ちした。

「しかし全然気づかなかったな……。祭りに出かけたりして、体調は平気なのか？」

「はい。今回はつわりもなくて」

「そうか。でも、くれぐれも無理はしないようにな」

「はい」

こくんとうなずくと、志門さんが突然むくっと起き上がった。それから無言で私の方へ移動してきて、同じ布団に入ってくる。

「志門さん？」

「抱きしめたいのに、翔音が間にいてまどろっこしかったから」

そう言うと、私の頭を胸に引き寄せ、ぎゅっと体を密着させた。彼の心音がとくとく耳に響いて、絶対的な安心感に包まれる。

「ありがとう、瑠璃」

「え？」

「きみに出会わなければ、こんなに愛しいものに囲まれて暮らす幸せな人生はきっと知らなかった。本当に、感謝しているよ」

噛みしめるように言われて、胸が熱くなる。

私だって、同じだ。志門さんと出会って、大切な家族が増えて、大変なこともあるけれど、愛しい家族がいるから、いつもがんばれる。

「私もです。これからもずっと、志門さんの隣で、一緒に幸せな人生を歩ませてください」

「もちろんだ。……ああ、ここがきみの実家でなければな」

もどかしそうに言って、私を抱く腕の力をさらに強める志門さん。言葉の続きはなんとなく想像できるが、あえて聞いてみたくなる。

「実家でなければ、なんですか？」

「いや、口に出すと本当に耐えられなくなるから」

「それでも、聞きたいです」

「……瑠璃、最近俺に似て少し意地悪になったな。そんな悪い子には、こうだ」

チュッと音を立てて、志門さんが私の耳にキスをする。私はぴくんと肩を震わせ、

「くすぐったい」と笑う。

「じゃあ、ここは?」

「ん、や」

次に唇が押しあてられたのは首筋で、思わず甘い声がこぼれる。

調子に乗った志門さんは、するりと私のパジャマに手を忍ばせる。しかしちょうどその時、今まで静かに寝息を立てていた翔音が「う〜ん」と声を漏らしながら寝返りを打った。

私と志門さんは目を見合わせ、互いに人さし指を口の前に立てた。

「今夜はおあずけ、だな」

「ですね」

少々残念だけれど、ふたりで翔音の寝顔を見つめていると、優しい幸福で胸が満たされる。

志門さんは最後にもう一度だけ私に口づけると、自分の布団に戻っていった。

「おやすみ」

「おやすみなさい」

いつもの挨拶をして、目を閉じる。幸せだなって、しみじみ思う。

きっと明日も明後日も。うんと年を取って、おばあちゃんになっても。

志門さんと結婚してよかった。そう思いながら、私は眠りにつくだろう。

FIN

あとがき

こんにちは、宝月です。今作はとことんドラマチックなお話を目指して仕上げた作品なのですが、いかがでしたでしょうか。

私はウィーンどころか海外旅行自体が未経験なので、前半の観光シーンは、書きながら瑠璃と一緒になってわくわく興奮しておりました。歴史ある街並み、おしゃれなカフェ、さらには志門というイケメン御曹司つき……！　なんてうらやましいツアーなんでしょう！

しかし、今年はなかなか旅行にも行けない、とてもつらい、我慢我慢の日々が続いていますよね。徐々に日常が戻りつつはありますが、心から安心できる日がくるのはまだまだ先のようなので、私自身、いつも心の隅にどうしても払えない影がある、そんな感じです。

でも、この作品を書いている時は、どっぷり物語の世界に入ることができたので救われました。さらに、志門のモデルにさせていただいた某俳優さんにすっかりハマってしまい、出演しているドラマ、歌声を披露されている動画などに、たくさん元気と癒やしをもらっていました。

その俳優さんのように、私も作品を通して誰かの心を救うことができたら……と思うことは、まだまだ未熟者の私にはおこがましいことかもしれません。

でも、もしもこの本を読んで、ちょっとでも日常を忘れられた。キュンとできた。ひとりでもそんな読者の方がおられましたら、本当に幸せです。

余談ですが、番外編には、これまでにベリーズ文庫で出させていただいた作品のキャラクターや洋菓子店の名前が友情出演していたりします。ちょこっとだけなので、気づいてくださった方はすごい！　私から感謝の念をお送りします（パソコンの前で目力を強め、心の中で感謝の気持ちを伝えています。……本当ですよ！）。

最後になりますが、今回もたくさんお世話になりました担当の森様、愛あるアドバイスでキャラたちをより魅力的にするお手伝いをしてくださった佐々木様、この作品を象徴するような、美しく雰囲気のあるイラストを描いてくださった壱也様、書籍化に際しご尽力いただいた関係者の皆様に、厚く御礼申し上げます。

この本を手に取り、最後までお読みいただいた読者の皆様も、本当にありがとうございました！　また別の作品でお会いできますように……。

宝月《ほうづき》なごみ

宝月なごみ先生への
ファンレターのあて先

〒104-0031
東京都中央区京橋1-3-1
八重洲口大栄ビル7F
スターツ出版株式会社　書籍編集部　気付

宝月なごみ先生

本書へのご意見をお聞かせください

お買い上げいただき、ありがとうございます。
今後の編集の参考にさせていただきますので、
アンケートにお答えいただければ幸いです。

下記URLまたはQRコードから
アンケートページへお入りください。
https://www.berrys-cafe.jp/static/etc/bb

堕とされて、愛を孕む

～極上御曹司の求愛の証を身ごもりました～

2020年8月10日　初版第1刷発行

著　者　宝月なごみ

発行人　菊地修一
デザイン　カバー　川内すみれ（hive & co.,ltd.）
フォーマット　hive & co.,ltd.
校　正　株式会社 文字工房燦光
編集協力　佐々木かづ
発行所　スターツ出版株式会社
〒104-0031
東京都中央区京橋1-3-1　八重洲口大栄ビル7F
TEL　出版マーケティンググループ　03-6202-0386
（ご注文等に関するお問い合わせ）
URL　https://starts-pub.jp/
印刷所　大日本印刷株式会社

Printed in Japan

乱丁・落丁などの不良品はお取替えいたします。
上記出版マーケティンググループまでお問い合わせください。
定価はカバーに記載されています。

ISBN 978-4-8137-0949-7　C0193

ベリーズ文庫 2020年8月発売

『愛艶婚～お見合い夫婦は営まない～』　夏雪《なつゆき》なつめ・著

小さな旅館の一人娘・春生は恋愛ご無沙汰女子。ある日大手リゾートホテルから政略結婚の話が舞い込み、副社長の清貴と交際0日で形だけの夫婦としての生活がスタート。クールな彼の過保護な愛と優しさに、春生は心も身体も預けたいと思うようになるが、実は春生は事故によってある記憶を失っていて…!?

ISBN 978-4-8137-0946-6／定価：本体640円＋税

『激愛～一途な御曹司は高嶺の花を娶りたい～』　佐倉《さくら》伊織《いおり》・著

フローリストの紬はどうしてもと頼まれ、商社の御曹司・宝生太一とお見合いをすることに。すると、初対面の宝生からいきなり『どうか、私と結婚を前提に付き合ってください』とプロポーズをされてしまい…!?　突然のことに戸惑うも、強引に新婚生活がスタート。過保護なまでの溺愛に紬はタジタジで…。

ISBN 978-4-8137-0947-3／定価：本体660円＋税

『堕とされて、愛を孕む～極上御曹司の求愛の証を身ごもりました～』　宝月《ほうづき》なごみ・著

恋愛に縁のない瑠璃は、ウィーンをひとり旅中にひょんなことから大手ゼネコンの副社長で御曹司の志門と出会う。彼から仮面舞踏会に招待され、夢のような一夜を過ごす。志門から連絡先を渡されるが、あまりの身分差に瑠璃は身を引くことを決意し、帰国後連絡を絶った。そんなある日、妊娠の兆候が表れ…!?

ISBN 978-4-8137-0949-7／定価：本体650円＋税

『エリート外科医の滴る愛妻欲～旦那様は今夜も愛を注ぎたい～』　伊月《いづき》ジュイ・著

OLの彩葉はある日の会社帰り、エリート心臓外科医の透佳にプロポーズされる。16年ぶりに会った許婚の透佳は、以前とは違う熱を孕んだ眼差しで彩葉をとろとろに甘やかす。強引に始まった新婚生活では過保護なほどに愛されまくり!「心も身体も、俺のものにする」と宣言し、独占の証を刻まれて……!?

ISBN 978-4-8137-0950-3／定価：本体660円＋税